その男、取扱注意！

成宮ゆり

15682

角川ルビー文庫

contents

口絵・本文イラスト／桜城やや

その男、取扱注意！

骨の砕《くだ》ける感覚が靴《くつ》を通し、膝《ひざ》に伝わる。

蹴《け》り上げた相手が路上に倒《たお》れるのを見て、戦意を喪失《そうしつ》した。

壁《かべ》に寄りかかっている男の手の近くへ、コンクリの上に転がった細身のナイフを投げつける。

男が先程《さきほど》まで手にしていたものだ。人気《ひとけ》のない深夜の商店街に、男の情けない悲鳴が響《ひび》く。

自分たちから仕掛《しか》けて来たくせに根性《こんじょう》がない。

そいつはよろめきながら立ちあがり、近くにあった空き缶《かん》に情けなく躓《つまず》く。

俺が一歩足を踏《ふ》み出すと、再び悲鳴を上げて逃《に》げようとする。

「連れて行けよ」

路上に倒れてるもう一人の男を見やってそう口にすると、そいつは縺《もつ》れるような足取りで立ちあがり、呻《うめ》いていた男に手を貸した。逃げていく二人の後ろ姿を見送って、俺は黒いジャケットに付いたスニーカーの足跡《あしあと》を払《はら》う。制服を汚《よご》したら、また店のママに怒《おこ》られる。

このままでは高校生だとばれる前にクビになりそうだ。

ため息を吐《つ》きながら、人気のない駐車場《ちゅうしゃ》に停《と》めてあるバイクに近づくと、車とバイクの間に誰《だれ》かが倒れているのに気付いた。側《そば》に行くにつれて、荒《あら》い息づかいが聞こえる。

倒れていたのは金髪《きんぱつ》の男だった。派手なシャツが黒々としたもので汚れていた。すぐにそれが血だと気付いて、無意識に一歩下がる。僅《わず》かな足音に気付き、男がゆっくりと腫《は》れ上がった片目を開けた。

俺を認めると男は素早《すばや》く体を起こし、銃口《じゅうこう》を向ける。

見慣れない銃をオモチャだと思わなかったのは、男の雰囲気《ふんいき》のせいだ。動いたせいで傷口が開いたのか、男のシャツにシミが広がる。

「あんた、血が……」

異様な状況《じょうきょう》に怯《ひる》みながらも思わずそう口にすると、バイクの陰《かげ》から「ひっく」としゃっくりが聞こえた。小学校低学年ぐらいの子供が膝を抱《かか》えて蹲《うずくま》っている。

子供の服も血で汚れていた。よほど怖《こわ》い目にあったのか、両目から涙《なみだ》を流して傍目《はため》に分かるほど震《ふる》えている。

「お前のバイクか？」

子供に目を奪《うば》われていると、不意に尋《たず》ねられた。

「え？　ああ」

男はいつの間にか銃を下げて、反対の手で懐《ふところ》から金を出す。

「その子を近くの交番まで連れて行ってくれ」

男の顔は酷《ひど》い有様だった。リンチにでもあったのか片方の目は塞《ふさ》がり、黄色に近い金髪が血でべっとりと顔に張り付いている。血の気のない顔は死にそうに見えた。

「救急車……」

「救急車は傍受《ぼうじゅ》されてるからダメだ。俺のことは良《い》いから、その子を連れて行ってくれ」

男の目が祈《いの》るような光を帯びた。

気圧《けお》されるように頷《うなず》くと、皺《しわ》くちゃになった何枚かの万札を握《にぎ》らされる。

夏だというのに触《ふ》れた指が氷のように冷たくて、本当にやばいんじゃないかと思った。

今まで飽《あ》きるほどケンカを繰《く》り返してきた。

だけど病気以外で死にそうな人間を目の前にしたのは、これが初めてだった。

「おい、こっちに来い」

呼ばれて近づいた子供の頭を、男が撫《な》でる。

「そいつに交番まで届けて貰《もら》え。そしたら、自分の名前を名乗るんだ。そうすりゃすぐに家に帰れる。警察に俺のことは言うんじゃねえぞ。じいちゃんが迎《むか》えに来るまでは名前と住所以外はしゃべるな。いいな？」

苦しそうな息の合間に、喘鳴《ぜんめい》混じりの声で男は言った。状況にそぐわない優《やさ》しい声だ。

子供は頷きながら、それでも不安そうに男を見た後で俺を見上げる。

俺は子供を安心させるような表情を作れなかった。だから子供は再び男に視線を戻《もど》したが、男にはもう子供の頭を撫でる気力は残っていないようだった。

男は何も説明せずに俺にそう言うと、早く行けとばかりに手にした銃を振《ふ》る。

何かを聞き返すことは出来なかった。俺は子供をバイクの後ろに乗せると、そのまま言われたとおり交番に向かう。

お巡《まわ》りなんて冗談《じょうだん》じゃないと思っていたが、今は交番の明かりが酷く頼もしく思える。

シャツに染《し》みた血を思い返せば、警官に事情を話して救急車を呼んだ方がいいのは分かっていたが、男の言っていた言葉が気になって思い止《とど》まった。

結局男の事は言わずに、子供を迷子だと説明して警官に背を向ける。

「お兄ちゃん、死なないよね？」

交番を出ようとした時に、子供が言った。

警官がそれを聞いて顔色を変えたので、面倒《めんどう》な事にならないうちに俺は再びバイクに跨《また》り、来たばかりの道を引き返して駐車場に戻る。

男は血まみれで銃を握ったまま意識を失っていた。俺は黒いジャケットを脱《ぬ》いで男に着せる。派手なシャツに染みた血を隠《かく》すためだ。同じ理由でメットも被《かぶ》らせる。

意識のない男をバイクの後ろに乗せるのは大変だった。事情は知らないが、救急車も警察もダメならば、俺がなんとかするしかない。

「大丈夫《だいじょうぶ》」

「おい、頼《たの》んだぞ」

死にかけの男が怖くなり、自分に言い聞かせるように口にする。

アクセルをかける瞬間《しゅんかん》、俺の腹の前で交差させた手を左手で握ると、ほんの少し指先が動いたような気がした。


それは二月の寒い月曜日の事だった。

朝から夜まで働いて疲《つか》れ切った体を癒《いや》すために、午前中は布団《ふとん》の中で睡眠《すいみん》をむさぼるのがいつもの俺の休日だ。当然今日もそうなるはずだった。

背中をつけた壁が大きく揺《ゆ》れたりしなければ。

「なんだ……？」

寝《ね》ぼけ眼《まなこ》で枕元《まくらもと》の腕時計《うでどけい》を探す。文字盤《ばん》は午前十時を指していた。

世間的には早い時間じゃない。近所のパチンコ屋だって開店しているが、休日の俺にとっては早朝だ。

「また隣《となり》か……」

あきらめて目を閉じかけ、そういえば隣は先月引っ越《こ》したはずだと思い出す。

夜中でも掃除機《そうじき》や洗濯機《せんたくき》を使う無神経さに怒りを覚えながらも、若い女子大生に文句を言うのが躊躇《ためら》われてずっと我慢《がまん》していた。ようやく解放されると知ってほっとしていたが、新しい住人もそれほど隣人《りんじん》に気を遣《つか》うタイプではないらしい。

再び大きな音がして、俺は閉じていた目を開く。

マンスリーマンションの薄《うす》い壁のせいだとはわかっているが、眠《ねむ》りを邪魔《じゃま》されたことに苛立《いらだ》ちながら布団から出る。伸《の》びをすると、関節が軋《きし》んだ音を立てた。

「……怠《だる》いな」

眠ったのに疲れがとれない。まだ二十一歳なのに、よくない兆候《ちょうこう》だ。

肉体労働は基本、年をとればとるほどきつくなる。体を壊《こわ》して辞《や》めた人間を何人も知っているが、スーツを着て会社勤めをする気にはならないし、出来る気もしない。

部屋の寒さに身震《みぶる》いしながらユニットバスのドアを開けて、熱いシャワーを頭から浴びる。

寝起《ねお》きのシャワーで水分が体に染み渡《わた》るのを感じた。

何度も脱色《だっしょく》を繰り返したせいで黒に戻らない焦《こ》げ茶色の髪《かみ》を、甘い匂《にお》いのソープで洗って外に出る。髪を拭《ふ》きながら小さな電気ストーブで手足を温めて、湯を沸《わ》かす。サイフォンで淹《い》れたコーヒーを飲んでテレビを見ながら、炬燵《こたつ》を買おうか悩《なや》む。

「節約しなきゃならないしな」

自分の夢のことを考えると炬燵どころではないし、それにそろそろ今年の冬も終わる。

しばらくバラエティ番組を見てだらだら過ごしていたら、ラーメン特集のせいで食欲がわいた。窓の向こうは寒そうな風が吹《ふ》いているが、決心を付けて壁《かべ》のフックにかけてある黒いジャンパーを着る。

財布《さいふ》と携帯《けいたい》をポケットに入れて外に出ると、隣の家の前にやたらと段ボールが積まれていた。ちょうど運送会社のトラックのドアが閉まり、車が走り出していく。

「今日が引っ越しだったのか」

それなら少しぐらいうるさいのは仕方ないだろう。

開け放たれているドアに目をやったが、中で動いている気配はあるものの、姿は見えない。

隣人の姿を見たのは昼飯を食い終わって戻ってきた時だった。

外に置かれた最後の段ボールに手を掛《か》けた男と目が合う。

「こんにちは」

俺に気づくと、男は笑顔《えがお》を浮《う》かべて会釈《えしゃく》した。黒髪《くろかみ》でフレームのないメガネをかけている。

人の良さそうな男の視線は、俺より高い位置にあった。

俺も背は高い方だが、男はそれより高いらしい。よく見るとなかなか整った顔をしている。

年は二十代後半ぐらいだろうか。黒髪に涼《すず》しげな目元は魅力的《みりょく》だが、手を入れていない髪型と服装がその魅力を半減させている。

「どうも」

軽くお辞儀《じぎ》してから俺が鍵《かぎ》をドアに差し込むと、男はにこにこと笑顔を浮かべたままで「お隣の方ですか？」と尋《たず》ねてくる。

俺が頷くと、男は「ちょっと待ってて下さい」と奥に引っ込み、すぐに戻ってきた。

「つまらない物ですが、どうぞ」

渡されたのは「ご挨拶《あいさつ》」と熨斗《のし》のついた洗濯《せんたく》用洗剤《せんざい》だった。

思わず受け取ってから、今時律儀《りちぎ》な人間もいるものだと驚《おどろ》く。ファミリータイプのマンションでもあるまいし、マンスリーマンションじゃ隣の住人の顔や名前を知らないまま過ごすことだって珍《めずら》しくない。もしかして田舎《いなか》から出てきたのだろうかと改めて男を見返す。のほほんとした雰囲気《ふんいき》は確かに人擦《ひとず》れしてなさそうだ。

「ありがとうございます」

男はにこにこと「緒方瑞希《おがたみずき》です、これからよろしくお願いします」と手を差し出す。

洗剤の箱を持っていない方の手で軽く握り返す。握手《あくしゅ》を求められるとは思わなかった。

「佐伯敬介《さえきけいすけ》です」

他人と握手をしたのなんて何年ぶりだろう。

アルエール

見知らぬ人から物を貰《もら》ったままというのが落ち着かず、俺は帰りがけに寄ったコンビニの袋《ふくろ》を探《さぐ》る。

「よかったら、どうぞ」

緒方は俺の差し出した発泡酒《はっぽうしゅ》を見て嬉《うれ》しそうに微笑《ほほえ》む。

「ありがとうございます」

人畜無害《じんちく》そうな笑顔に隣人として合格点をつけながら家に入る。

溜《た》まった洗濯物を片づけるために床《ゆか》に散らばった衣類を拾い、汚《よご》れたタオルや作業着もまとめて洗濯機に放《ほう》り込む。貰ったばかりの洗剤を入れてスイッチを押したところで、隣の部屋から大きな物音が聞こえた。

「うわっ」

男の声に続いて、大きな物がガタガタと床に落ちる音がする。

思わず隣の部屋とを仕切る壁を見つめる。続けてバラバラと何かが床に散らばる音がした。

躊躇いながらも、外に出て隣の家のドアを叩《たた》く。

「あの、どうかしましたか？」

しばらくしてドアを開けた緒方は額を押さえていた。

「すみません、早速《さっそく》うるさくしてしまって」

「それはいいですけど、大丈夫《だいじょうぶ》ですか？」

自分でもお節介《せっかい》だと思いながらも尋ねると緒方は頷《うなず》いたが、手の隙間《すきま》から血が垂れる。

「じゃないみたいですね」

緒方は苦笑《くしょう》しながらずれたメガネを持ち上げると、首にかけていたタオルで額を大雑把《おおざっぱ》に拭《ぬぐ》う。

「何やってたんですか？」

「それが……」

男が視線を向けたのは壁に備え付けてある棚《たな》だった。

片方の留め金がはずれ、斜《なな》めになっている。床の上にはオーディオデッキが倒《たお》れていた。どうやら棚がオーディオの重さに耐《た》えきれず破壊《はかい》されたようだ。床の上にはペン立てとペンも散乱している。緒方は落下してきたオーディオで額を切ったらしい。

「あんまり重いもの載《の》せると壊れるんですよ」

俺も前に工具箱を載せて壊したことがある。

「そうみたいですね」

「軽く直しますよ」

「え？」

「こういうの得意ですから」

俺は工具箱と救急箱を持って緒方の部屋に入る。

額にタオルを当てたままの男に救急箱の中身を使っていいと言うと、恐縮《きょうしゅく》しながら断られた。

「手当ても俺にしろとか言う？」

冗談《じょうだん》めかしてそう尋ねたら、恐縮したまま箱を開ける。

それを見届けてから、俺はまだ固定されている螺旋《ねじ》を取り外す。螺旋の位置を確かめながら、今まで開いていた穴の少し上に螺旋を当ててトンカチで叩いて先端《せんたん》を埋《う》める。それからドライバーで回して固定させていく。

外れた方の螺旋は変形していて使い物にならないので、工具箱に入っていた新品の螺旋と取り替《か》えた。

大した労力はかからなかったが、緒方は丁寧《ていねい》に頭を下げた。

すると、額に貼《は》られていた絆創膏《ばんそうこう》がぺらりと剥《は》がれてメガネのレンズにくっつく。

緒方は再びそれを貼り付けようとするが、バンドの部分に血が付着したせいで、絆創膏の粘《ねん》着《ちゃく》力は落ちてしまっている。

「あー…もう」

呆《あき》れながらも剥がれかけた絆創膏を取ってやる。一見していい男だが、お世辞にも器用なタイプではないらしい。

絆創膏をとって消毒液で傷口を拭い、ガーゼに軟膏《なんこう》を載せて傷口に当てる。その上からテープで押さえた。作業の邪魔《じゃま》にならないように前髪《まえがみ》をあげると、生え際《ぎわ》に古い傷跡《きずあと》があるのが見えた。きっと今回のようなドジを何度も繰《く》り返しているに違《ちが》いない。

「緒方さんて何やってる人？」

きびきび働いている様が想像できずに尋ねた。

「しがない公務員です」

「へぇ」

言われてみれば区役所勤めの義理の兄と穏《おだ》やかな雰囲気が似ていると、工具箱と救急箱を片づけながら思った。

救急箱は仕事柄《しごとがら》怪我《けが》が多い俺を心配して、お袋が送ってくれたものだ。自分で使うのは湿布《しっぷ》と目薬、絆創膏と綿棒ぐらいだから他《ほか》はそのまま残っている。

「佐伯さんは学生ですか？」

「いや、社会人」

「お幾《いく》つなんですか？」

「二十一」

「その割りにはしっかりしてますね」

身長やガタイだけではなく、雰囲気がそう見せるらしい。兄弟が多く、上にも下にも揉《も》まれて来たせいもあるだろう。それに、確かに緒方よりはしっかりしていると思う。

「働いてるからじゃない？」

今の会社には高校を卒業してすぐに就職した。社会に出て三年にもなれば、それなりにしっかりもするだろう。

「あの……」

工具箱と救急箱を持って立ち上がった俺に緒方が声をかける。

「よろしかったらお礼に夕食ごちそうさせてください」

「別にいいよ。大したことしてないですから」

そう言うと緒方は少し寂《さび》しそうな顔をする。

夕食は適当に食べに行こうと思っていた。別に誰《だれ》とも約束していないのだから、緒方と食べて不都合があるわけでもない。

どうせ短いつきあいだろうが、隣人《りんじん》と仲良くしておいても損はないだろう。

「でも、このままでは申し訳ありませんから」

緒方はとことん律儀な人間らしい。今まで俺の周りにはあまりいないタイプだ。

俺は壁《かべ》にかけてある時計に視線を向けた。

「じゃあ、お言葉に甘えて。何時にくればいいですか？」

それを聞くと緒方はふわりと笑った。子供にでも向けるような優《やさ》しげな微笑みだ。

顔の造りが良《い》いだけに、つい見惚《みと》れてしまう。

「八時頃《ごろ》はどうでしょうか？」

その言葉にはっとする。男が男に見惚れていたなんて、ばれたら不審《ふしん》がられるだろう。

短いつきあいとはいえ、隣人に変態扱《あつか》いをされるのは避《さ》けたい。

「わかりました。じゃ、八時になったらまた」

気を取り直して答えると、緒方は「はい」と頷いた。


「ケースケさん、飯行きましょうよ」

昼休みに入ると榛原《はいばら》が被《かぶ》っていたメットを取りながらそう言う。俺は砂利《じゃり》を均《なら》していたスコップを持って榛原のそばに向かう。使っていた道具をトラックに積んで、俺もメットを外す。鼻水を啜《すす》ってから、バンの中からジャンパーを取ってくる。首元が毛布のように起毛している紺色《こんいろ》のジャンパーは、暖かいが格好が悪いから最初は着るのが嫌《いや》だった。薄緑《うすみどり》の作業着だって好きじゃなくて、仕事帰りに飯を食いに行くときは一度家に帰って着替《きが》えてから出かけていた。

しかし三年目ともなれば作業着にも慣れ、最近は愛着すら感じている。

とはいっても冬の暗い朝にベッドを抜《ぬ》け出して、作業着に袖《そで》を通して仕事に向かうときの憂《ゆう》鬱《うつ》さは未《いま》だに拭えない。

「今日マジ寒いッスね」

榛原は煙草《たばこ》を銜《くわ》えて火をつける。

二人で近くの定食屋まで歩く道すがら、財布《さいふ》を小脇《こわき》に抱《かか》えたOL達とすれ違う。榛原はその子たちにちらりと視線を向けた後で、「俺だったら真ん中の子ッスね」と言った。

「真ん中しかかわいい子いなかっただろ」

「だってケースケさんて、下手物好きじゃないですか」

榛原が皮肉るように言うと、口の端《はし》のピアス穴の痕《あと》が歪《ゆが》む。

中学時代、榛原が口元にしていたピアスの穴が化膿《かのう》し、皮膚《ひふ》が変色して痕になったのだ。今はないが当時は眉《まゆ》や鼻、舌にまでピアスが開けられていた。俺には悪趣味《あくしゅみ》にしか見えなかったが、本人は気に入っていたようだった。そのピアスを見て怖《こわ》がる連中がいたからだろう。

「かもな」

榛原の皮肉には既《すで》に中学時代で慣れた。

今更怒《いまさらおこ》る気にもなれないし、榛原にどう思われようと構わない。たまにこうして皮肉ったり、馬鹿《ばか》にするような態度を取ってみせるくせに、中学時代から榛原はよく俺の側《そば》にいた。

同級生なのに何故《なぜ》か敬語を使われるのも、そのときからだ。

榛原が俺の性癖《せいへき》を知っているのは、中学時代の俺がそれを隠《かく》そうともしなかったからだ。

俺は馬鹿だったから、セックスをすれば、煙草を吸えば、酒が飲めれば大人だと思っていた。だから全部やった。男も女も関係なかった。それでいい気になっていたんだから、幸せなガキだ。

「女も男も抱《だ》けるなら、俺だったら断然女選びますけどね」

それから榛原は週末に行った風俗《ふうぞく》の話を始めた。どこの店の子が可愛《かわい》いとか、しゃぶるのが上手《うま》いとかそういう話だ。

正直興味がなく、定食屋に入ってからも続くその話題に適当な相づちを返すだけに留《とど》まる。

「ケースケさんはモテるから金払《はら》わなくてもそういう相手がいるんでしょうけど。プロはいろいろと楽でいいッスよ。そういえば、今つきあってる相手いないんですか？」

「つきあってる相手なんか一度もいない」

「へ？」

驚《おどろ》いたように榛原が顔を上げる。

「よく寝《ね》る相手とかはいたけど、別にそういう関係じゃなかったから」

「はぁ、流石《さすが》ッスね」

誰かに恋愛《れんあい》感情が芽生えたことがない。男にも女にも欲情はするけど、それだけだ。恋愛不感症《れんあいふかんしょう》だと言われたことがある。言った相手の顔も名前ももう思い出せないが、その言葉はやけに耳に残っている。たぶんその通りだ。

「でもだったらなおさらプロで遊んでおくのもいいんじゃないですか？」

頼《たの》んだしょうが焼き定食が運ばれて来て、俺は千切りのキャベツを口に運びながら「よく金があるな」と榛原に視線を向ける。

榛原はうちの会社のアルバイトだ。日雇《ひやと》いと言ったほうが正しいかもしれない。仕事がある時だけお呼びがかかる。半月前に現場で再会して以来、榛原は俺と同じ現場を希望して週に何回か仕事をしている。

アルバイトの榛原が風俗に通う金がどこから出ているのか不思議だ。榛原の頻度《ひんど》ではとても金が続かないはずだが、榛原が金に困っている素振《そぶ》りを見せたことは一度もない。

「ケースケさんも今度行きましょうよ。俺、おごりますよ。なんなら男も用意してる店探しましょうか？」

榛原はやけに陽気に笑って、運ばれてきたカツ丼《どん》定食に箸《はし》をつける。

「だから、なんでそんな金があるんだよ」

「うまい商売があるんですよ。ケースケさんさえその気なら、俺と一緒《いっしょ》にやりますか？」

恐《おそ》らくあまり外聞の良くない商売だろう。〝うまい商売〟の九割以上はろくな仕事じゃない。どのみち榛原とは、今の仕事以外でも一緒に何かをしようという気にはならない。

「止《や》めとく」

「まぁ、確かにケースケさんには向いてないかもしれないッスからね」

しょうが焼きに添《そ》えられたトマトを口に運んでいると「午後、怠《だる》いッスね」と榛原が窓の外を見ながら言う。コートの前を合わせたサラリーマンが寒そうに体を丸めて、足早に通り過ぎていく。昨日は雪がちらついていたが、積もりはしなかった。今日もこの分だと夜にまた雪が降るかもしれない。

「外の仕事だからな」

「や、寒いのもそうッスけど、オッサン連中から口出しされるのが腹立つっていうか。あいつらいちいち細かいじゃないですか。工事なんて適当にやってるイメージあったんスけどね」

オッサンというのは先輩《せんぱい》方のことだ。榛原は仕事が雑なので、いつも怒《おこ》られている。けれど榛原の不真面目《ふまじめ》な態度や、同じ失敗を何度繰《く》り返しても反省しないところは未だに直らない。

「そういえば、高橋《たかはし》さんと連絡《れんらく》取ってくれました？」

榛原は寒そうな窓の外から視線を戻《もど》して、思い出したように言った。

高橋も榛原と同様に中学時代の俺の同級生だ。無茶《むちゃ》なことをやっていた時に連《つる》んでいた。高校が分かれてから頻繁《ひんぱん》には顔を合わせなかったが、お互《たが》い悪い噂《うわさ》は聞いていた。世間の評価は、仲間うちでの評価と反比例する。悪いことをすればその分、仲間うちでの評価は上がる。高橋の仲間うちでの評価は高かったが、最終的には少年院送りになって高校を中退した。

「取ったけど忙《いそが》しいみたいだから。また今度連絡してみる」

現在の携帯《けいたい》番号は分からないので、高橋の実家に電話して俺が連絡を取りたがっていると伝えてほしいと頼んだ。そのとき俺の携帯番号を教えたが、今のところかかっては来ない。高橋の親も息子《むすこ》の連絡先は知らない様子だったから、気長に待つことになりそうだ。

関西の方で組に入っているという噂も聞くが、真偽《しんぎ》の程《ほど》はさすがに聞けなかった。けれど高橋ならそういうこともあり得るだろう。

「頼みますよ」

榛原はそう言って、みそ汁《しる》を啜る。

半月前に偶然《ぐうぜん》再会した日、榛原は仕事が終わって開口一番に高橋と俺の三人で飲みたいと言った。それから今日まで、何度もその話題を持ち出す。なぜ榛原がそんなに高橋に固執《こしゅう》するのかは分からない。榛原は高橋に憧《あこが》れていたが、高橋は榛原を鬱陶《うっとう》しく思い、邪険《じゃけん》にしていた。

もしかしたら榛原は寂《さび》しいのかもしれない。

学生時代のように俺につきまとっているのも、それが理由だろうか。

食事を終えて帰る道すがら、榛原は煙草に火を着けながら「どうしても、会いたいんですよ」と駄目押《だめお》しのように言って、現場に戻っていく。

俺は再びメットを被って、ズボンの中から汚《よご》れた手袋《てぶくろ》を取りだして嵌《は》める。手袋を通しても伝わってくるスコップのひんやりとした持ち手を摑《つか》みながら、砂利に先を突《つ》っ込む。

この仕事を始めて最初の三ヶ月は辞《や》めたくて仕方なかった。体力には自信があったが、厳しい現場だとろくに飯も食えなくなるほど疲《つか》れた。全身が筋肉痛で、仕事終わりにどこかに出かける気には到底《とうてい》ならなかった。ようやく慣れ始めた頃《ころ》に夏が来て、真夏の暑さにやられた。

それでも半年経《た》つ頃にはやりがいを見つけ始めた。

自分の造った道路にはそれなりの愛着が湧《わ》くものだ。通るたびに思い出す。自分の造った物が目に見える形で残り、いろんな人に利用されているのを見るのは悪い気分じゃない。

榛原はこの仕事を嫌《きら》っているが、俺は気に入っている。

無心になりながら砂利《じゃり》を均《なら》して、アスファルトを流して圧をかける。圧をかけるには専用の機械が必要になる。ベテランの作業員が乗り込み、圧をかけるのを俺は傍《けた》で見ていた。

「最悪、マメ潰《つぶ》れたし」

傍《かたわ》らに来た榛原は手袋を取って俺に手のひらを見せる。言葉通り、手のひらにできたマメが潰れていた。作業をしていれば皮膚が硬《かた》くなって、マメも出来にくくなるだろう。

「そのうち慣れる」

俺の言葉に榛原は嫌《いや》そうな顔をして「慣れたくねぇよ」と呟《つぶや》く。

午後五時きっかりに仕事を終えて、バンに乗り込む。自《じ》販《はん》機《き》で買った温かいコーヒーを飲みながら、その甘さに顔を顰《しか》めた。相変わらず自動販売機のコーヒーを美味《うま》いと思えない。

事務所に着いてからしつこく飲みに誘《さそ》う榛原を断って、駐車場《ちゅうしゃ》に停《と》めてある原付きに乗る。前に乗っていた大きなバイクと比べると、おもちゃみたいに見える。おまけに去年死んだじいさんのお下がりのポンコツだが、最近は乗り慣れてしまった。

マンションに帰ると自分の部屋のドアも開けず、隣《となり》の部屋のドアをノックする。

「はい」

ドアを開けて俺を出迎《でむか》えた緒方は「お疲れさまです」といつものほほんとした笑《え》みを浮《う》かべた。

初日に飯を食って以来、一緒に飯を食べるのは四回目になる。意外にも緒方は料理が上手く、一回目は外食だったが残り三回はいずれも緒方の手作りだ。今もキッチンで緒方が何か料理をしている。

緒方みたいなタイプとは話が合わないだろうと思っていたが、意外に会話は尽《つ》きない。だけどこれといった共通点があるわけではなく、性格も真逆だ。強《し》いてあげるとすれば、お互い酒好きだということぐらいだ。それと食べ物の好みが似ている。

定位置となってしまったクッションに座ると、テーブルの上に赤い林檎《りんご》が三つ置かれていることに気付いた。

「美味そうですね」

俺の言葉に緒方は「はい」と笑う。

「それ佐伯さんの上の部屋の子にもらったんです。よかったら一つ持っていってください」

挨拶《あいさつ》で洗剤《せんざい》をこのマンションの全住民に配ったことをきっかけに、二階のＯＬと仲良くなったらしい。このマンションは二階建てで各階に五部屋ずつ部屋が用意されているが、俺は未《いま》だに上の階の人間は名前すらろくに知らない。

「ご実家で生産しているらしいですよ」

「林檎って青森？」

手にした大きな林檎からはいい匂《にお》いがした。

「秋田だって言ってました」

「秋田って言われたら米ぐらいしか思いつかないけどな」

「ああ、秋田の酒美味いですよね。これとか」

米、から違和感《いわかん》なく酒を連想した緒方は、ちょうどコンロの横に置いてあった緑色の酒瓶《さかびん》を手に取る。勾玉《まがたま》のイラストが描《えが》かれたその酒を、切り子の細いグラスに注いで渡《わた》してくれる。

「気付けにどうぞ」

「どうも」

一口で飲み干す。緒方も片手でグラスを手に取り、口を湿《しめ》らせるように含《ふく》む。

「どうですか？　飲みやすいと思いますけど」

「おいしいです」

先日飲んだ酒よりもずっと飲みやすい。先日、ここで出された酒は辛口《からくち》でアルコールもきつかった。嫌いじゃないが、翌朝の寝覚《ねざ》めは最悪だった。

もともと酒には強いほうだから、久しぶりに二日酔《ふつかよ》いを経験した。そんな俺に対して、緒方はいつも二日酔いのカケラも見せない。せいぜいほろ酔い程度にうっすら頬《ほお》が赤くなるぐらいで、それ以外は何も変わらないようだ。

「緒方さんて酒強いけど、潰れたことないんですか？」

前から疑問に思ってたことを尋《たず》ねてみる。

「無いですね。一度ぐらい酩酊《めいてい》状態に陥《おちい》ってみたいとは思ってるんですが、その前に吐《は》いてしまうんですよね」

「吐くって、どれぐらい飲んだ時に？」

ワインボトルをほとんど一人で三本空けた時でさえ、緒方はそんな気配を見せなかった。

「確か友人が手作りした濁酒《どぶろく》を二人で一瓶飲んだ時でしたね。もしかしたらアルコール以外のせいで吐いたのかもしれませんけど」

手作りの酒って、つまり密造酒ってことだよな。

「……緒方さん、素人《しろうと》が酒作ると捕《つか》まりますよ」

呆《あき》れながらそう教える。

「じゃあ、聞かなかったことにしておいてください」

緒方は悪びれる様子もなく笑いながら、出来たばかりのレバニラをテーブルの上に置く。

今夜のおかずも俺の好きな物ばかりで、軽く手を合わせた後ですぐに箸《はし》を手に取る。

まずはもつ煮《に》を食べて、レバニラをご飯の上に載《の》せてがっつく。韮《にら》の食感と、オイスターソースのかかったレバーの濃《こ》い味がご飯に良く合う。あっさりとした吸い物を飲みながら、仕事の話をしているとふいに緒方が箸を止めた。

「今日、昼間に佐伯さんを見かけたのですが一緒《いっしょ》に歩いてた方って、もしかして榛原さんじゃないですか？」

緒方が榛原を知っているなんて驚《おどろ》きだ。

「榛原を知ってるんですか？」

緒方と俺に共通点がろくにないように、榛原との共通点だってろくにないだろう。もしかして、前に住んでいたところで隣同士《となりどうし》だったとでも言うんだろうか。

偶然というよりも奇跡《きせき》に近い確率だが、それぐらいしか接点が思いつかない。

「ええ、ちょっと」

意味深に緒方が笑う。

困ったような笑みにそれ以上聞けずに、気になる気持ちを抑《おさ》えて話題を変える。

「緒方さんて、彼女とかいるんですか？」

緒方は俺の質問に首を振《ふ》る。

「いえ、残念ながら」

「顔が良《い》いのに意外ですね」

少し服装と髪型《かみがた》を変えればもっと良くなる。

性格は心配になるくらい良いし、公務員なら安定した収入が保証されている。なかなか好条件がそろっているのだから、緒方さえその気になれば彼女なんてすぐに出来そうだ。

「佐伯さんには負けますよ」

笑いながら緒方が俺を見る。

その視線を受け止めながら「何？　俺格好良い？」と聞いてみると、緒方は穏《おだ》やかな笑みを浮かべたまま「ええ、格好良いと思いますよ」と答えた。

こういう切り返しの仕方が大人だ。今までつきあったことのないタイプだが悪くない。

「緒方さんて、優等生だったでしょう？　生徒会長とかクラス委員とかやってた感じがする」

俺の言葉に緒方は肩《かた》をすくめて「とんでもないです」と言いながら、食べ終わった食器を片付け始める。

「それ俺がやります」

緒方の手から空になった食器を奪《うば》ってキッチンに向かう。

後片づけぐらいはしないと悪い。俺が洗い物をしている横で、緒方は晩酌《ばんしゃく》の準備を始めた。

「佐伯さんはどうでしたか？」

「どうって何が？」

「学生時代です」

「良くはなかったですね」

中学時代から強かったから、地元じゃ名前が知られていた。だけどそれは高橋と連《つる》んでいたせいもある。高橋が有名だったので、その高橋に唯一《ゆいいつ》認められている男として、俺の名前も知れてしまったのだ。実際俺はそれほど悪いことはしていない。

ケンカの他《ほか》にした悪い事なんて、せいぜい年齢詐称《ねんれいさしょう》ぐらいだ。高校の頃《ころ》に寂《さび》れたスナックでボーイ兼《けん》用心棒としてバイトするために年齢を偽《いつわ》った。しかし結局ばれて半年も保《も》たずにクビになってしまった。

「教師にも問題視されてましたから」

洗い物を終えて一足先にキッチンを出ていこうとした俺の背中に向かって、緒方は「分かるような気がします」と呟《つぶや》く。

「吸引力がある生徒っていうのは、教師にとっては問題でしょうね。その生徒があまり良い方向を向いていないとすれば余計に」

「吸引力？」

心当たりがなく首を傾《かし》げていると、緒方が言葉を換《か》えた。

「佐伯さんには人を惹《ひ》き付けるカリスマ性があります。そういう生徒が悪いことをすれば、他の生徒も同じようなことをすると懸念《けねん》していたんでしょうね」

カリスマ性なんて自分自身に感じたことはない。

読者モデルをやっていたせいで、街を歩けば男女関係なく声をかけられていた姉には感じたことがあるが、俺は街を歩いていてもケンカをふっかけられるぐらいで、握手《あくしゅ》や写真を求められることなんてない。

「そんなもんないですよ？」

熱燗《あつかん》とつまみをお盆《ぼん》に載《の》せた緒方は俺の言葉に「そうでしょうか？」と笑った。

「そうですよ」

再びテーブルに着き、早速《さっそく》つまみに箸を付ける。タコとアボカドと大根を白キムチで和《あ》えたつまみは美味《うま》くて、酒に口を付けないうちから箸が進む。

「そういえば……」

熱燗から手酌《てじゃく》で猪口《ちょこ》に酒を注いでいると、思い出したように緒方が立ち上がった。

俺は緒方の猪口にも酒を注いでから、歯ごたえのあるタコを噛《か》みながらあっさりとした日本酒を口に含む。今日の酒はどちらかというと甘口で、匂いも芳醇《ほうじゅん》だが癖《くせ》がない。キムチのような辛《から》いものをつまむときには、こういう酒のほうが合うようだ。

外で働いていたせいで冷えた体が、内側から温まっていくのが分かる。

日本酒なんて緒方に勧《すす》められるまではろくに飲んだことなかったが、飲み始めてみれば止まらなくなるくらいに美味い。俺が覚えたての味に浸《ひた》っていると、緒方が水色の封筒《ふうとう》を手に戻《もど》って来た。

「郵便物が間違《まちが》って来ていましたよ」

緒方が俺に渡《わた》したその封筒を見て思わず咳《せ》き込み、慌《あわ》てて口を手で押さえる。

封筒の表書きには〃入学案内資料在中〃と書かれていた。ご丁寧《ていねい》にそんなことまで書かなくてもいいのに、と思いながらその封筒を緒方の手から奪う。

かあっと、酒のせいではなく赤くなった俺を見て、緒方は不思議そうな顔をした。

「どうかしましたか？」

「……見た？」

聞かずとも分かるのに、一応聞いてみた。封筒の下半分にはキャンパスの写真付きで大学名が載っていたから、見ようとせずとも目に入っただろう。

「え？」

「……いや、なんでもない」

緒方は赤くなった俺をじっと見ていたが不意に「大学に通うんですか？」と聞いてくる。

余計に顔が赤くなった。

「別に、そういうんじゃ……」

「どうして隠《かく》すんです？　良いじゃないですか」

緒方の言葉に俺はがりがりと頭を掻《か》いて、ぎゅっと握《にぎ》っていた封筒から手を離《はな》す。

「別に、隠してるわけじゃないんですけど。なんか、俺そういうタイプじゃないから」

気配で緒方が笑ったのが分かった。

馬鹿《ばか》にされたのかと思って睨《にら》むように見上げると、緒方は穏やかな顔で微笑《ほほえ》んでいた。

「タイプじゃないって、どうして？」

くなる。

「どうしてって……」

見れば分かるだろうと答えようとした時に、緒方に封筒を取り上げられてそれどころじゃなくなる。

「ああ、明志《めいし》大学の夜間ですか」

「か、返せよ！」

封筒の表書きを読んでいる緒方からそれを取り返そうとしたときに、急ぎすぎたせいで足がもつれて、そのまま緒方を床《ゆか》に押し倒《たお》すような格好になる。

「あ、ごめ……」

謝ろうとした俺を遮《さえぎ》るように、緒方が穏やかな目で俺を見上げた。

「恥《は》ずかしいことなんか何にもないですよ」

その顔を見下ろしながら、今度こそ奪うように封筒を摑《つか》んで元の場所に座り直す。封筒は緒方の手が届かない、俺の後ろに置く。

緒方の悪ふざけに怒《おこ》った顔を作ってみせたが、当の緒方は何も気にしていない。俺が不機嫌《ふきげん》な顔をすれば大抵《たいてい》の連中は萎縮《いしゅく》するが緒方は例外のようだ。

鈍感《どんかん》なのか大物なのかよく分からない。

「取り寄せてみただけだから、行くかどうか分からない」

言い訳のように聞こえるが、実際その通りだ。

「今の仕事続けたまま通うってなると、時間的に厳しいから」

「何を学ぶんですか？」

「……土木」

ここから片道二時間近くかかる明志大学を選んだのは、土木工学科の夜間コースがあるからだ。

「今の仕事好きなんだよ。道路造ったり、整えたりするの」

反応を窺《うかが》うようにちらりと緒方を見たが、相変わらず穏やかな顔をして俺の話の続きを待っている。だから躊躇《ためら》いながらも夢を語る。

誰《だれ》にも話したことはなかったし、話したいとも思わなかった。だけど緒方相手になら言っても良い気がした。

「すべての道はローマに通ずって、聞いたことありますか？」

緒方は熱燗をちびちびと飲みながら「はい」と頷《うなず》く。

「本当に放射状にローマから道が延びてる映像をみたことがあるんですけど、未《いま》だにその石畳《いしだたみ》の一部が道として残ってるんですよ。何千年も前に造られた道の上を何億人もの人が歩いて、何万台もの馬車が通って、それでもまだそこにあるって、すごいことだと思うんですよ」

この仕事についてから、辛《つら》くて仕方がなかった最初の三ヶ月。偶然《ぐうぜん》テレビをつけたらローマにおける都市計画の特集番組が放送されていた。ついつい見入ってしまったその特集では、

〝道〟の誕生が描《えが》かれていた。道路だけではなく水道システムや都市景観を考えて作られたローマという都市に感動した。

そして今でも当時の道路の一部が当時の用途《ようと》のまま使われていることに衝撃《しょうげき》を受けた。

その番組を見るまでは考えたこともなかったが、俺が造った道路だって何百年も先の未来でも〝道〟として使われているかもしれないのだ。

「ほとんど車が通らない田舎道《いなかみち》だって、傾斜《けいしゃ》のきつい峠《とうげ》だって、そこら中に道路は走ってて、その道路は一つ一つ誰かが造ったものなんだってこと、凄《すご》いと思う。だからこの仕事にもっと深く関《かか》わりたい。施工《せこう》も、設計も、企画《きかく》も全部関われたらきっと楽しいと思うんですよ」

うまくまとめてしゃべれない。

夢を口にすることに慣れていないから、らしくもなく子供のようにたどたどしい言い方になる。

「きっと佐伯さんなら出来ますよ」

馬鹿にするでも茶化《ちゃか》すでもなく、かといって励《はげ》ますという感じでもなく、緒方は確信しているように力強く言う。

「でも、頭悪《わり》ぃから落ちるかもしれねぇし。それに……」

「大丈夫《だいじょうぶ》」

自分ですら信じていない俺自身を、つきあいの浅い緒方が肯定《こうてい》する。

「……あっさり言わないでくださいよ」

文句を言っても緒方は笑っていた。

だから、馬鹿にされるかもしれないと懸念《けねん》しながら尋《たず》ねる。

「緒方さん……小論文って知ってますか？」

周りにはそういうことを聞ける相手がいないから、ずっと疑問だった。

「小論文ですか？」

「入試が小論文と面接らしいんですけど、俺小論文書いたことないんですよ。うちの高校じゃ八割がそのまま就職してたから、そういうの全然分からないし」

「起承転結のしっかりした作文みたいなものですかね。作文と違《ちが》って述べるのは出来事や思い出ではなく、自分の考え方や主張ですけど。今度参考書でも見に行きましょうか」

「まだ……受験するって決まってないから。それにそこまでして貰《もら》うのは……」

「大したことじゃないですよ。佐伯さんの夢に協力できたら私も嬉《うれ》しい」

整った顔を崩《くず》して笑《え》みを浮《う》かべる。見惚《みと》れるような笑みを見ていると、変な気持ちになった。

見返りも期待せずに、どうしてこんなに緒方は俺に優《やさ》しくしてくれるんだろう。

大体、緒方のようなタイプが、俺みたいな人間とつき合うこと自体がおかしい。

今は真面目《まじめ》になったが学生時代は品行方正とは言い難《がた》かった。それが滲《にじ》み出ているのか、黙《だま》って立っていれば大抵の人間は寄って来ない。

それに比べて緒方は背が高いのに威圧感《いあっかん》がなく、いつもにこにこと笑っているせいか人が寄りつきやすい。

俺とは真逆の人間だ。なのに何故《なぜ》、緒方はこうして世話を焼いてくれるんだろう。

「……馬鹿にされるかと思った。うちの家族にこんなこと言ったら、絶対笑われる」

俺の言葉に緒方は「きっと応援《おうえん》してくれますよ」と言った。

「まさか」

「だって佐伯さんの家族なんでしょう？　だったら大丈夫」

会ったこともないくせに緒方は笑顔で断言した。だけど適当に言っている感じはしない。

緒方に言われると、その言葉通りのような気がした。

「緒方さんて……変わってるよな」

会ったばかりの相手を家に呼んで手料理をごちそうしたり、夢に協力すると言う。

「夢」なんて人の口から聞くと、照れくさくて恥ずかしい。

勝手に顔に血が集まって、赤くなるのが分かる。

赤面した俺を見て、緒方が「佐伯さんて、かわいいんですね」と驚《おどろ》いたように言った。

それを聞いたらもう何も言えなくなって、俺は余計に赤くなったまま、顔を隠《かく》すように俯《うつむ》いてしまった。

「嘘《うそ》だろ」

サイフォンを使おうとしたら、濾過器《ろか》が壊《こわ》れた。

ロートの口に引っかけるフックの部分が変に曲がってしまい、ペンチで元の状態に戻《もど》そうとしたら、老朽化《ろうきゅう》していたらしく折れてしまった。

濾過器がないと、どうにもならない。

仕事帰りにサイフォンを買った店に寄ったが、パーツでは売っていないと言われた。結局サイフォンが壊れているのに豆だけ買った。豆のストックは充分《じゅうぶん》あるが、珍《めずら》しい豆を見るとついつい欲しくなってしまう。

新しい豆を買ったら、余計に濾過器が壊れたことが悔《くや》しい。

どこに行けば手に入るんだろうと考えていると、駅前からの道の途中《とちゅう》で緒方に会った。

「緒方さん」

声をかけるのを迷った後で、名前を呼ぶ。先日のことを思い出すと、勝手に顔が熱くなる。

緒方は振《ふ》り返り、俺を見るといつもの穏《おだ》やかな笑みを浮かべた。

「お仕事帰りですか？」

横に並びながら尋ねる。作業着にジャンパー姿の俺とは違い、緒方はスーツ姿だった。

手に持っている四角い革《かわ》の鞄《かばん》がサラリーマンの典型のように思える。

「はい」

「緒方さんて、お仕事忙《いそが》しいんですか？」

「え？　どうしてですか？」

「いつも家にいないみたいだから……」

そう言ってから、口にしなければ良かったと思った。いつも隣《となり》の部屋の動向を窺っている奴《やつ》だと不審《ふしん》がられるかもしれない。

だけど気になっていた。

俺と食事の約束をしている時は隣の部屋から物音が聞こえるが、それ以外の口は気配がない。緒方が静かな人間だとしても、玄関《げんかん》の開閉音ぐらいは聞こえるはずだが、それもない。

もしかして夜は俺が寝入《ねい》った後に帰宅して、朝は俺が目覚める前に出勤しているのだろうか。

「ああ、繁忙《はんぼう》期なんですよ」

緒方は不審がる素振《そぶ》りも見せずに、あっさりと答えた。この時期はうちの会社も繁忙期だ。どこの会社も四月の新年度前にやることがたくさんあるのだろう。

「公務員っていっても、どんなお仕事なんですか？」

俺がそう尋ねると、緒方は「何に見えますか？」と聞いてくる。

「小学校の先生とか？」

雰囲気《ふんいき》はそう見えるが、違《ちが》うということは分かっていた。

小学校教師ならばスーツでは出勤しないだろうし、こんな時期に転勤したりはしないだろう。けれど子供相手の仕事が緒方には合っている気がした。

「いいですね。子供は好きです。あまり、懐《なつ》かれませんけど」

緒方は意外な事を口にする。

「懐かないんですか？」

「ええ。佐伯さんは懐かれるでしょう？」

緒方は疑いもなくそう言ったが、俺は曖昧《あいまい》に頷《うなず》く。

「小さい子には懐かれますけど、大きい子にはあまり。だけどどうしてですか？」

俺を見て子供が懐きそうだというのは緒方ぐらいだろう。

「小さい子供は見た目に左右されずに、本能で悟《さと》るからです」

「本能ですか……」

「佐伯さんが優しい人だってことが、小さい子供には本能で分かるんですよ」

「優しいのは俺じゃなくて緒方さんだと思いますけど……」

緒方はそれには何も言わずに、相変わらず穏やかな笑みを浮かべていた。

今日は特に緒方とは何の約束もしていなかったが、折角《せっかく》会ったのだからと食事に誘《さそ》う。

一人で食べるのは味気ない。

「いいですね」

そう言った緒方に外食を提案したが、良い酒が手に入《い》ったのだと家に誘われ、結局それに甘えてまた緒方の家に上がり込む。

いつも飯を食わせて貰っているのだから、今日ぐらいは俺の奢《おご》りで外食をしようと思ったが、舌の肥えた緒方が「良い」と認める酒の魅力《みりょく》には抗《あらが》えなかった。

「今日は大したものがなくて」

そう言って緒方が作った親子丼《おやこどん》を食べて、またいつものように晩酌《ばんしゃく》をする。

本日の酒は赤ワインだった。ワインには詳《くわ》しくないが、金色のラベルと黒い瓶《びん》が高そうで、俺は一口一口味わうように飲んだ。芳醇《ほうじゅん》で重厚《じゅうこう》な味がする。味が深すぎて、ぐいぐいと飲めるような種類のものではない。美味《うま》いと言えば美味いが、密度が濃《こ》くて重苦しいような気さえする。緒方には申し訳ないが、どうも俺は赤ワインが苦手らしい。

酒が回ってきて体が熱くなり、上に着ていた作業着を脱《ぬ》いでTシャツになる。作業着を置いた時にがさりとビニール袋《ぶくろ》が音を立てた。

「佐伯さんはコーヒーがお好きなんですか？」

袋の中にコーヒー豆が入っているのを見た緒方が、俺のグラスに三杯《ばい》目のワインを注ぎながら言う。味の重厚さに負けずアルコールも強いのに、全然酔《よ》っている素振りがない。

「好きですね、結構凝《こ》ってます」

呂律《ろれつ》はまだ回っているが、仕事の疲《つか》れもあっていつもより酔っている。

自分の声が少し聞き取りづらい。

「私はインスタントしか飲まないんですが、豆から淹《い》れるといい匂《にお》いがしますよね」

インスタントしか知らないなら、サイフォンで淹れたコーヒーの味を是非《ぜひ》教えたい。

サイフォンは丸みのある柔《やわ》らかな風味を出すことができる。

俺はコーヒーが嫌《きら》いな人間は本当においしいコーヒーを飲んだことのない人間なんじゃないかと思っている。インスタントだけでは、コーヒーの本当の味は分からない。

インスタントラーメンと本物のラーメンが違うように、コーヒーもそうだ。

「良かったら今度淹れますよ」

緒方を唸《うな》らせるほどの酒は持っていないが、おいしい豆ならいくらでも持っている。

「いいんですか？　楽しみです」

「濾過器があれば今すぐにでも淹れられるんですけどね」

「濾過器って、あの茶色の紙のやつですか？」

緒方の言葉に俺は首を振る。緒方の言っているのは恐《おそ》らくドリップ式のフィルターのことだろう。

「俺はドリップじゃなくてサイフォンなんですよ」

俺の言葉に緒方は「ああ、喫茶店《きっさてん》とかであるやつですね」と言った。

「探してるんですけどないんですよね。メーカーや型が違うと合わない場合があるから」

緒方はワイングラスを傾《かたむ》けながら、「通信販売《はんばい》で取り寄せとかできないんですか？」と口にする。

俺が首を傾《かし》げると、緒方は俺が直した棚《たな》の上に仕舞《しま》われていたノートパソコンをテーブルの上に置く。先程《さきほど》までその場所にあったスモークサーモンの皿はフローリングの上に置かれた。

カチカチとパソコンを弄《いじ》る緒方を、ぼんやりと見つめていた。

綺麗《きれい》な長い指がピアノでも叩《たた》くように素早《すばや》い動きでキーボードの上を移動する。

俺はパソコンが使えないわけではないが、得意ではない。

キーボードの配置を覚えていないので、目的のキーを探すのに時間がかかるのだ。

しかし今までパソコンが使えなくても、特に不便は感じなかった。

「メーカー名は何ですか？」

サイフォンのメーカーを告げると、再び指がキーボードの上を動く。

緒方が俺を手招いたので、床《ゆか》の上にグラスを置いて近づいた。パソコンの画面にはサイフォンの画像が何枚か表示されている。

「あ。これ」

俺が使用しているタイプの画像を指さすと、緒方がそこをクリックする。

緒方の肩《かた》に凭《もた》れるようにして覗《のぞ》き込む。結構アルコールが回っているようで、寄りかかってないと倒《たお》れてしまいそうだ。それに緒方の温かい体に触《ふ》れているのが気持ちいい。

今日はずいぶん酔《よ》ってしまったようだ。飲み慣れない赤ワインのせいだけではなく、疲れているせいかもしれない。今の現場は人が少なくてきつい。

予定人数を割っているのに納期は守れと上から言われている。いつものことだから今更愚痴《いまさらぐち》を言っても仕方ないが、そういう現場はやっぱり疲労《ひろう》が溜《た》まる。

「これですか？」

画面が切り替《か》わり、各パーツの画像が表示される。そのなかには濾過《ろか》器の画像もある。そのまま注文できるようで、買い物カゴのボタンが横に付いていた。

「注文しますか？」

頷き、欠伸《あくび》をかみ殺しながら、緒方の肩に頬《ほお》を付ける。

緒方の体は意外にも厚みがあった。触れてみて肩にも腕《うで》にもしっかりとした筋肉がついているのが分かる。外見じゃそんな風に見えない。着やせするタイプなのだろう。

「取り寄せの日数が結構かかるみたいですね」

そんな声を聞きながら、俺は目を閉じる。緒方の体が温かいから、ついうとうとしてしまう。

――なんか触れてると安心する。

「佐伯さん？」

緒方の声がひどく遠くに聞こえる。

穏《おだ》やかに俺を呼ぶ声が睡魔《すいま》を誘って、俺はそのまま眠《ねむ》ってしまった。


休日の朝、近所のラーメン屋だって開いていない時間に電話で起こされた。

会社以外だったら無視しようと決めて手に取ると、会社以上に無視できない相手からだった。

姉だ。

『顔見に来なさいよ！』

一番上の姉は昨年まで新宿では有名なキャバクラ嬢《じょう》だった。その姉が妊娠《にんしん》して結婚《けっこん》と同時に、実家の真横に新居を建てた。結婚式はしなかったが、身内だけの食事会は行った。

相手はどこにでもいる平凡《へいぼん》な男で、いろいろな意味で姉とは合いそうになかった。区役所に勤めていて、姉とは年収が二桁違《けたちが》うのだと笑いながら自己紹介《しょうかい》をした。

穏やかな雰囲気《ふんいき》がどことなく緒方と似ている。

「わかったよ」

電話を通しての命令に、逆らわずに答える。姉たちに逆らうと面倒《めんどう》な事態になる。二十一年生きてきて学習した法則だ。俺には二人の姉がいるが、どちらも最強だ。そして彼女たちの上に君臨するお袋は、佐伯家では最も怒《おこ》らせてはならない相手だ。

『大体、正月にも帰ってこないんだから。姪《めい》が生まれたんだから顔ぐらい見に来てもいいでしょう?』

「行くつもりだったよ。生まれてまだ一週間しか経《た》ってないのに文句言うな」

『車で二時間の距離《きょり》なんだから当日に来たって良かったのよ』

相変わらず偉《えら》そうだ。姪っ子も姉みたいになるんだろうかと心配になる。あの穏やかな旦那《だんな》の遺伝子に多少は中和されるだろうか。でも義兄《あに》の遺伝子は姉の遺伝子に勝てるだろうか。

「分かった。明日帰る」

幸い今週は連休だ。そう答えて電話を切る。

帰るからには手ぶらで行くわけにもいかない。そんなことをしたら、口うるさい姉から気が利《き》かないと小言を言われるのが目に見えている。

仕方ないから出かけるためにベッドから抜《ぬ》け出す。シャワーを浴びる前にサイフォン用にヤカンを火に掛《か》けようとして、濾過器がないのを思い出した。

目覚めの一杯《ぱい》を諦《あきら》めてから、シャワーを浴びて外に出た。朝食は駅前のカフェでトルコヒーかと思うほど濃《こ》いコーヒーを飲みながら、クロックムッシュを食べる。

茶菓子《ちゃがし》の他《ほか》にも何か祝い品を買わなければと思ったが、姉の去年の年収は俺とだって二桁以上の開きがあるので、何を贈《おく》ろうか迷う。ベビー用品は何が要《い》るのか分からないし、他の人からの贈りものと被《かぶ》りそうだ。

とりあえず明確な目的地も決めずに電車に乗って都内に出る。大きな駅で電車を降りると改札近くで泣いている子供を見つけた。駅員は気付いていないようだし、通行人の誰《だれ》も話しかけない。

近づいてしゃがみ込むと、子供は伏《ふ》せた顔を上げる。

「どうした？」

そう聞くと「おかあさんがいない」と言われる。

どうやら親とはぐれたらしい。泣いている子供の手を引いて、駅の横にある交番に向かう。

近づいたところで、中から緒方が出てきた。

こんなところで会うとは思わずに驚《おどろ》く。だけど緒方は俺以上に驚いていた。

緒方の背後からは髪《かみ》を染め、刺青《いれずみ》をした男が出てくる。両腕《りょううで》のトライバルな黒い刺青は、男がジャケットを着ると隠《かく》れた。男がそのまま立ち去ろうとすると、緒方は俺から視線を移して男の腕を捕《と》らえ、そのまま離《はな》れたところへ引っ張っていく。

緒方の知り合いにしてはらしくない相手だと思った。

交番に入り、人の良さそうな警官に簡単に状況《じょうきょう》を説明して子供を預ける。

外に出ると、緒方が疲《つか》れた顔でこちらに歩いてきた。刺青の男が反対方向に向かう後ろ姿が見える。目が合うと、緒方は苦笑《くしょう》した。

ちらりと交番のなかの子供の姿を見て「迷子ですか？」と聞かれ頷《うなず》く。

「あの、この間はすみませんでした」

先日、緒方の家に行ったときにそのまま眠ってしまったことを思い出す。目覚めると俺は緒方のベッドにいた。緒方の腕のなかで抱《だ》きつくように寝《ね》ていて、ひどく慌《あわ》てた。一瞬《いっしゅん》抱いたのかと思ったが、俺も緒方も服を着たままだった。俺に至っては、下は作業着だったので、緒方の布団《ふとん》を汚《よご》してしまったんじゃないかと更《さら》に焦《あせ》った。

酒盛りの最中に寝てしまった俺を、緒方がベッドに入れてくれたようで、目が覚めた時に謝った。あのとき緒方は気にしないでくださいと言ったが、そういうわけにもいかない。

「ああ、あれは私が悪かったんです。佐伯さんを起こせば良かったんですけど、なかなか起きなくて、私も眠くなってしまって……。布団が一つしかなかったので私も一緒《いっしょ》に寝てしまったんですが、男同士で気持ち悪かったですよね」

「あ、……いえ」

男同士は気持ち悪い。それは普通《ふつう》の感想だ。

榛原には「下手物好き」と馬鹿《ばか》にされているし、高橋には「唯一《ゆいいつ》の欠点」と言われた。普通の人間から見たら、それはなんら間違《まち》っていない。誰に何を言われてもどうでもいいし、今更特に思うところはない。それなのに緒方に気持ち悪いと言われた瞬間怖《こわ》くなった。

もしも緒方が俺が同性も抱けると知ったら、俺のことも気持ち悪いと思うのだろうか。親しい友達のようにつきあっているのに急に距離を置かれ、蔑《さげす》むような目で見られるのだろうか。

「さっきのって……、緒方さんの知り合いですか？」

自分の考えを振《ふ》り払《はら》うように、先程《さきほど》緒方が話していた男の事を聞いた。

「え？……ああ、弟なんですよ。といっても血は繋《つな》がってませんし、もう名字も違いますけどね」

何か複雑な事情がありそうだ。

「もめてたみたいだけど……」

これ以上立ち入ったことを聞くのはどうかと思ったが、緒方は「お恥《は》ずかしい話ですが」と前置きしてから弟のことを話してくれた。

それによると緒方の弟はよくない連中とつきあっているようだ。交番に来たのは彼の身元引受人としてらしい。

「佐伯さんは、買い物ですか？」

「姉の出産祝いで何か買おうと思って」

「ああ、おめでとうございます。何を買われるんですか？」

そう聞かれて返答に困る。

「何がいいですかね？」

尋《たず》ね返したら緒方は「よければおつきあいしますよ」と笑う。

そう言い出した緒方に、このまま家に帰りたくないのかも知れないと思った。弟が補導された後の気晴らしになるのならと、俺は「お願いします」と軽く頭を下げる。

一人で見て回るよりは、緒方のような常識的な人間が居た方が、間違いないものが選べそうだ。何せ姉は年寄りのようにマナーに細かい。もし縁起《えんぎ》の悪いものを贈ってしまったら、説教されるだろう。

駅前の大きなデパートに入って、緒方と一緒に商品を物色した。

その最中に緒方が俺の家族のことを聞いてきたので、聞かれるがままにいろいろと話す。反対に聞き返すと、緒方は少し困った顔をした。おそらく弟の話をしたくないのだろう。

俺は姉がどんなに横暴かつ凶悪《きょうあく》で、弟の人権を無視している生き物であるか説明しながら、出産祝いのギフトを見て回る。

有名なブランド名の入った食器セットに心が傾《かたむ》いたが、それはおそらく新居祝いで貰《もら》っているはずだ。二人の名前入りのフォトスタンドも考えたが、それも結婚祝いで貰っただろう。

考えてみれば新居祝いも結婚祝いもしていないのだから、全部買ってもいい気がしたがそんな金もない。

店員には出産祝いならと、銀のスプーンを勧《すす》められたが、店頭に置いてあるものはどれも高い。買うのは良《い》いが、姉の性格からすると「スプーンなんて百円で充分」と言いそうだ。

優柔不断《ゆうじゅうふだん》ではないのに、珍《めずら》しく悩《なや》んで緒方を二時間近くも連れ回す。

「すみません、なかなか決まらなくて」

結局決まらないままデパートを出ようとした俺に「トゥースボックスなんていかがでしょうか」と緒方が提案した。

「トゥース…？」

「ええ、同僚《どうりょう》の女性が知り合いから貰った時に喜んでいたので。それ以来コレクターになるほど気に入ったみたいなんです」

「それって何ですか？」

聞き慣れない言葉に首を傾《かし》げる。

「乳歯入れらしいですよ」

緒方はそう言って、俺から少し離れたところで携帯《けいたい》を掛ける。出入り口付近だったから、ノイズを避《さ》けて端《はし》に寄ったのだろう。

「この近くにおすすめの店があるらしいんですが、行ってみますか？」

戻《もど》ってきた緒方にそう尋ねられ、希望を込めて行くと答えた。

デパートの前でタクシーに乗り込み、目的の店に着くと緒方がタクシー代を払う。

「俺が払いますよ」

「じゃあ帰りはお願いします」

行きも帰りも俺が払うと言ったが、緒方は金を受け取ろうとはしなかった。

「ああ、ここですね」

タクシーが停《と》まったところから少し歩くと目当ての店が見つかる。

漆喰《しっくい》と煉瓦《れんが》の壁《かべ》にツタが這《は》い、カマボコ形の窓から店内が見えた。店内はオレンジ色の光で満ちていた。

緒方が細かい細工を施《ほどこ》された木製のドアを引くと、ベルがガラガラと鳴る。

女性が好きそうな店だと思った。オレンジ色の光の正体は蠟燭《ろうそく》やランプだった。

アンティーク調のそれらを眺《なが》めていると、その中にアルコールランプを見つけた。

「欲しいな」

思わず手にとってしげしげと眺める。アルコールランプなんてどれも同じだと思っていたが、ガラスの形が面白《おもしろ》い。火を消すための金属製の蓋《ふた》には細かな模様が刻まれている。

「何に使うんですか？」

「サイフォンに」

「サイフォンて、アルコールランプを使うんですか？」

サイフォンに関してまだ何か勘違《かんちが》いしている緒方に、これは実際にやっているところを見せた方が早いだろうな、と苦笑する。

ランプは欲しいと思ったが、値札を見ると想像していた金額の十倍だったので、大人しく元の場所に戻す。

「何かお探しですか？」

商品を見ていると奥の方から現れたのは、髪の白くなった女性だった。

女性の上品な雰囲気《ふんいき》に、自分が場違いだと感じる。こういう店にはあまり来たことがない。

「知り合いの女性からトゥースボックスが豊富だと聞いたのですが」

女性は緒方の言葉を聞いて「あら、じゃあ持ってくるからちょっとそちらに座ってらして」と店の奥を指した。

置物のせいで気付かなかったが、店の奥には三人が座れる程度の小さなカウンター席がある。向かいにはいくつも紅茶の缶《かん》が並んでいたから、喫茶店《きっさてん》もかねているのかも知れない。

奥の扉《とびら》から戻ってきた女性はカウンターの上にガラスのショーケースを載《の》せた。

「とてもかわいいものがたくさんあるのよ。手にとってみてね」

ガラスの蓋を開けると、青いベルベットのクッションの上にピルケース程度の大きさのボックスがいくつも並んでる。どれも凝《こ》った作りをしていた。

ただ抜《ぬ》けた歯を入れるために、どうしてこんな箱があるのか不思議だ。

昔は下の歯を屋根に、上の歯を縁《えん》の下に投げていたと聞くが、最近は取っておくのが流行なんだろうか。

緒方に聞いてみたが、緒方は首を傾げた。

「乳歯をお金と交換《こうかん》して貰えるという話だった気もしますが……」

「え？　誰《だれ》が払《はら》うんですか？」

そんな制度は聞いたことがない。いつかお金と交換して貰うために箱に入れて大事にとっておくのだろうか。

「ふふ」

店主の女性は俺達の会話に笑《え》みを漏《も》らすと、丸いポットでお茶を淹《い》れてくれた。赤紫色《あかむらさきいろ》の紅茶が俺と緒方の前に置かれる。

「地域によって多少違《ちが》うけれど、妖精《ようせい》やネズミが乳歯とコインを交換してくれるという外国の言い伝えがあるの。だけど悪い歯は妖精やネズミがコインに換《か》えてくれないから、ちゃんと歯を磨《みが》きましょうねっていうお話よ。悪い子のところには来ない、サンタクロースと同じ」

だとしたらコインを払う妖精やネズミの正体は、サンタクロースの正体と同じなんだろう。

「子供の成長の記録だから、取っておきたいって思うお母さんは多いみたいね」

お礼を言って口にした赤紫のお茶は、少し酸《す》っぱいような甘いような不思議な味がする。

改めてショーケースの中を眺める。熊《くま》やウサギがついたボックス、小さなネズミのボックスなど、デザインは豊富だ。

そのなかで真っ先に目に付いたのは、王冠《おうかん》の載った宝箱をイメージしたものだった。

王冠の先には白いラインストーンが埋《う》め込まれている。手に取ると、大きさの割りにずしりと重たい。王冠なんて、姉の好きそうなアイテムだ。

「これにします」

今まで何を買うかさんざん迷ったのに、一目見て決めた。

「まあ、良《い》いのを選んだわね」

女性はそれがフランスで二百年も続いた伝統ある銀細工会社が作ったものであると教えてくれた。会社はもう倒産《とうさん》してしまって、今ではほとんど手に入らないらしい。

それを聞いて、アルコールランプの値段を思い出す。ランプでさえあの金額なのだから、もしかしたらとても高いのかも知れないと、財布《さいふ》の中身が不安になる。

けれどどうしても、これが欲しかった。

おそるおそる女性から値段を聞くと、予想していた金額よりも安い。

ほっとしながら商品の包装を頼《たの》み、代金と引き替《か》えに商品を受け取ると、緒方がカウンターから立ちあがった。

「ごちそうさまでした」

二人して頭を下げて、人の良さそうな女性に見送られて店を出る。

「駅まで歩きましょうか」

緒方がそう言って先を歩く。大した距離《きょり》じゃないから異論はなかったが、タクシー代を払うと言っていたのに、払えなくなってしまった。

代わりに夕食を奢《おご》ればいいかと思いながら、駅までの道をくだらない話をして歩いていると、緒方の携帯が鳴る。

「すみません」

緒方は俺から少し離《はな》れて、電話に出る。

俺は待っている間、手持ちぶさたに目の前のネイルサロンを見るともなしに見た。

ウィンドウの向こうで店員と客が楽しそうに話しながら、爪《つめ》に色を塗《ぬ》っている。他人の爪なのに器用なものだと眺めていると、不意に店員と目があった。

不審《ふしん》者だと思われただろうか。周囲からは黙《だま》っていると威圧《いあつ》的だと言われるので、口元に小さく笑みを載せる。店員は顔を赤らめて、それからはにかむように笑った。

「すみません、佐伯さん」

電話を終わらせた緒方が近づいてくる。

「ちょっと仕事の用事が出来ました」

「そうなんですか？」

「ええ、すみません」

緒方はそう言ってタクシーを停める。珍《めずら》しく急いでいる緒方に「仕事がんばってください」と手を振《ふ》った。

タクシーを見送ってから、やけにがっかりしている自分に気付いて、それを誤魔化《ごまか》すように足早に駅へと向かう。

結局、今日も緒方に面倒《めんどう》を見られるばかりだったと少し反省した。


「ちょっと、やだ、なにこれ」

包みを開けた姉の第一声はそれだった。

俺は新居のソファに座り、膝《ひざ》の上に姪《めい》を乗せられて身動きが取れない。どこをどう触《さわ》ればいいのか分からなくて、両手を空に浮《う》かせた俺を見て、向かいに座るお袋が抱《だ》き方を教えてくれる。それでも落としてしまいそうで怖《こわ》い。赤ん坊《ぼう》がこんなに柔《やわ》らかいとは知らなかった。骨なんてすぐ折れてしまうんじゃないだろうか。

一番下の妹が生まれたのは俺が小学生の時だが、あいつが乳児だった頃《ころ》に触《ふ》れた記憶《きおく》がない。どんな風に抱いていたのか、思い出そうとしても無理だった。

「どうしたの、これ」

姉は掌《てのひら》にのる王冠のついたトゥースボックスを見つめてそう言った。

「気に入らない？」

「違うわよ。すっごく、かわいいじゃない！　あんたがこういうの買ってくるって思わなかった。やだ、どうしよう。私のピアス入れにしたい」

きゃあきゃあと喜んでいる姉を見て、買った店を教える。他《ほか》にも色々可愛《かわい》い物があったと言うと「絶対に行く」と断言した。

「敬介君もモカでいい？」

キッチンにいた義兄《あに》に聞かれて頷《うなず》く。もうすでに姉の尻《しり》に敷《し》かれているようだ。

人数分のコーヒーを持って来た義兄は俺の横に座る。駅前で買ったロールケーキは人数分均等に切られて小さなフォークが添《そ》えられていた。

「食べづらいから、代わるよ」

義兄は俺の腕《うで》から赤ん坊を抱き上げようとする。おそるおそる姪から腕を離す俺を見て、義兄は笑った。

「そんなにびくびくしなくても大丈夫《だいじょうぶ》だよ」

「そうよ、私の子供なのよ？　強いから平気よ」

姉はそう言うと、ロールケーキを口に入れる。

俺はコーヒーを飲みながら、尻に敷かれてる義兄のために買ってきた酒を取り出す。

夫婦《ふうふ》そろってウワバミだと前に父親が言っていたので、義兄には酒が良いだろうと最初から思っていた。

「これ、義兄《にい》さんに」

「わぁ、悪いな。たくさんもらって」

義兄は喜んでくれたが、姉はちらりとラベルを見ると「聞いたこと無いわね。おいしいの？」と疑わしそうな目を向ける。

飲むことが仕事だったようなものだから、姉は酒にうるさい。

「良く知らないけど、知り合いと飲んだ時に美味《うま》かったから」

緒方の家で食事したときに出して貰《もら》った酒だ。すっと澄《す》み切った味が印象に残っていた。緒方が近所の酒屋で買ったと言っていたから、昨日帰りがけに寄ったら丁度一本だけ残っていた。

「ふぅん」

瓶《びん》を持って立ちあがった姉が戻《もど》ってきた時には、うす桃色《ももいろ》のガラスで作られたグラスを持っていた。

「ん、やだ、さっぱりとしておいしいじゃない。あとからぐっとくる感じがいいわね」

そう言ってお袋の分のグラスを差し出す。

お袋は一口飲んで「いいわね、低温発酵《はっこう》かしら？　深みがあって味が綺麗《きれい》だわ」と評する。

「義兄さんに買ってきたんだけど……」

「あら、いいじゃない。けちけちしないの」

「いいけど、せめて最初に義兄さんに出せよ。っていうか義兄さんの分も持って来いよ」

二人で飲み始めているのを見かねて、俺は義兄さんの分をグラスに注いで持って来た。

「敬介君、ありがとう」

たったこれだけのことで、義兄さんは目元を潤《うる》ませる。

かわいそうに、優《やさ》しさに飢《う》えてるようだ。何も姉みたいなタイプを妻にしなくてもいいのに、と弟ながらに思ってしまう。この人にとって、結婚《けっこん》は修行《しゅぎょう》なんじゃないだろうか。

お袋は酒を飲むと洗濯《せんたく》物をとりこまなきゃ、と言って家に帰っていった。

「そういえば、あんたまだ続けてるの？」

「仕事？　続けてるよ」

「楽しい？」

「楽しいよ」

「ならいいけど、あんたって昔から流れるままに生きてるから不安なのよね」

姉は足を組み替えながら言った。出産を経験したのに、全然太っていない。現役《げんえき》に戻《もど》ろうとすれば今すぐにでも戻れそうだ。けれど姉にその気はなく、お金はたくさん貯《た》めたからしばらくは専業主婦になると宣言していた。

家も一括《いっかつ》で購入《こうにゅう》したと聞いたから、ローンもないし、子供は一人だけだ。充分夫の給料でもやっていけるのだろう。

「中学の時も高校の時も目標がなかったじゃない。あんたが小学校の時に書いた将来の夢の作文覚えてる？」

「覚えてない」

「〝てきとう〟よ！　四百文字詰《づ》めの原稿《げんこう》用紙に四文字しか書いてなかったんだから」

また始まった小言に辟易《へきえき》する。

「夢ならあるよ」

口にした途端《とたん》に姉の目がキラリと光る。余計なことを言ったと思った。

「何？」

「言わない」

「言いなさい」

「……嫌《いや》だ」

「最終的には言わされるのにどうして抵抗《ていこう》するの？」

姉はため息を吐《つ》いてから、不思議そうに首を傾《かし》げる。

事実その通りなので返す言葉もないが、つくづくこの女と結婚した義兄さんの懐《ふところ》の深さを尊敬する。

「……土木の仕事にもっと詳《くわ》しくなりたいから……来年、夜間の大学を受験しようと思ってる」

俺の言葉に姉はきょとんとした顔をして、それから嬉《うれ》しそうに笑った。

「やだ、そうなの？」

茶化《ちゃか》されるかと思ったが、姉はやけに嬉しそうにしたまま、それ以上は言及《げんきゅう》しなかった。

それから他の兄弟の近況《きんきょう》を聞いて、夕食をごちそうになる。帰るときに玄関《げんかん》まで見送ってくれた義兄さんは「受験がんばってね」と言った。

「受かるかどうか分からないから、がっかりさせるかもしれないけど」

スニーカーに足を突《つ》っ込みながら振り返ると、義兄さんは「大学とか受験とかじゃないんだよ」と口にした。

「きっと、敬介君が何かに真剣《しんけん》に興味を持ったのが嬉しいんだと思うよ」

「そうなんですかね」

「うん。あいつ、俺が妬《や》くぐらいに敬介君が好きだからさ」

俺はなんて返したら良《い》いのか分からずに頭を下げた。

「お酒、おいしかったよ。またいつでも遊びに来てね」

そんな言葉に見送られて家を出て、一度実家に寄る。

久しぶりに会う父親が駅まで送ってくれるというので、その言葉に甘える。

車が走り出してから「少しぐらいは蓄《たくわ》えがある」と言われ、何のことか一瞬《いっしゅん》分からなかった。

「お姉ちゃんに聞いたぞ。学校に行きたいんだろ？」

「……」

もしかして授乳で席を外したときに実家に電話したのだろうか。情報伝達が早すぎる。

「金は自分で出すから」

「でも、あんまり蓄えてないんだろ？」

「そんなことないよ。高校まで出して貰ってるから、あとは自分でやる。兄貴も自分で出してたし」

うちは兄弟が多いから、それほど裕福《ゆうふく》じゃなかった。誰《だれ》かが両親にもたれ掛《か》かれば、残りの人間が我慢《がまん》をするはめになる。だから兄貴は教育ローンを組んで自分で払《はら》っていた。

「金は……下の奴《やつ》らに使ってくれ」

妹はまだ中学生だし、弟は高校生だ。きっとこれから金がかかる。

父親は俺の言葉に「お前もお兄ちゃんやお姉ちゃんと同じ事を言う」と笑った。

「どうせあいつらもお金はお父さんとお母さんの老後に使ってって言うんだろうな」

下の弟妹《きょうだい》たちの言葉を想像して、父親は少し誇《ほこ》らしげに言った。

「がんばれよ」

駅について車を下りるときに父親が言う。

俺はその車のテールランプが遠ざかるのを見ながら、ほっと息を吐き出した。

白い吐息《といき》が空気に溶《と》けていく。寒いと思いながら、吹《ふ》き曝《さら》しの駅のホームで電車を待つ。

緒方の言った通りだった。誰も馬鹿《ばか》になんかしなかった。笑われると思ったけど、少しも笑われなかった。

『佐伯さんの家族なら大丈夫』

そう笑った緒方の顔を思い出したら、胸の奥がじんわり暖かくなって、緒方に会いたくてたまらなくなった。

三月に入ったばかりの火曜日。

目覚ましよりも先に起きた理由に思い当たって、髪《かみ》を掻《か》き上げる。

「最悪」

目覚めた瞬間《しゅんかん》に気付いた気持ちの悪さに、ため息を吐いてベッドを出る。

ジャージごと下着を脱《ぬ》いで、近くに積んだままの洗濯物の中から、新しい下着を引っ張り出して着替《きが》えた。汚《よご》れた下着を持ってユニットバスに入り、小さな洗面台で手洗いする。

朝の水は痛いくらいに冷たかったが、おかげで目が覚めた。

夢の内容を思い出すと、ため息が漏《も》れる。ここ最近よく見る。

先週、緒方にペニスを触《さわ》られる夢を見て人生で初めて夢精した。夢精なんてガキか、もしくはモテない人間のするものだと思っていただけに、かなりショックを受けた。

最初の夢はソフトだったが、日を追うごとに過激になっている。

このままじゃ、そのうち最後の段階に行ってしまう。夢で緒方を抱《だ》くなんて、冒瀆《ぼうとく》のような気がしてならない。

相手は普通《ふつう》の男だ。特に緒方は、そういう意味で汚《けが》したくない。今の関係は心地《ここち》よくて、無理矢理《むりやり》抱けば簡単に壊《こわ》れてしまうだろう。抱く相手なら他《ほか》にいくらでもいるんだから、何も緒方じゃなくていい気がする。

「まずいよな」

「それに……想像できないしな」

自分が緒方を抱いている場面が上手《うま》く想像できない。今まで抱いてきたどんなタイプとも違《ちが》うから、うまく行かないんだろうか。

「なんか、変だな」

胸の奥が変な感じだ。ひどく落ち着かない。もやもやしているのが何なのか考えていたら、目覚ましが鳴り出す。慌《あわ》ててそれを止めてから、出勤準備を始めた。

作業着に着替えて、原付きで事務所に向かう。事務所についてから、機材を確認《かくにん》して現場に向かった。

仕事中も一日中緒方のことを考えていた。不感症《ふかんしょう》のはずの感情が緒方に向かい始めている。そんなことをぼんやりと考えていたせいで、自分が掘《ほ》った穴に落ちた。水道管のパイプに腰《こし》を強打して、先輩《せんぱい》から「ぼんやりしてんな」と怒鳴《どな》られる。

仕事が終わってから事務所に戻ると、現場監督《かんとく》から話を聞いていたのか、事務の若い女の子が気遣《きづか》うように俺に声を掛けてくる。

「平気」

微笑《ほほえ》んでそう返すと、彼女の顔が輝《かがや》く。背後を通る先輩達が「たらし」と言ったのが聞こえた。事務所から駐車場《ちゆうしや》までの道すがら、先輩から「事務の子に手ぇだすんじゃねぇぞー。ありゃみんなのアイドルだ」と釘《くぎ》を刺《さ》される。

「大丈夫《だいじようぶ》ですよ」

好みのタイプではないし、女を相手にしたい気分でもない。

「やだねー、たらしは飢《う》えてなくて」

「飢えてますよ」

そう答えると先輩は肩《かた》をすくめて「いいよなぁ」と俺の頬《ほお》を摑《つか》み、ぐいっと自分の方に下げる。近距離《きんきより》で見下ろすような格好で首が痛い。

いかめしい先輩の顔が近距離にある。髭《ひげ》のそり残しや毛穴が見えるほど近づき、顔に吐息が掛かった。

「何がですか？」

「顔が整ってりゃ何言っても女は退《ひ》かねぇよなぁ」

「そりゃ、お前が飢えてるって言ったら女は怖《こわ》がるよ。レイプされるーってな。お前指名手配犯みたいな顔してるし」

別の先輩がガハハハと笑う。先輩は「お前の面《つら》だって似たようなもんじゃねぇか」と怒鳴りつけた。

「あー……先輩、そろそろ首痛いです」

先輩が手を離《はな》すと、俺は首に手を当てる。変な具合に引っ張られていたから、少し痛む。

「いいよなぁ、お前は悩《なや》みとかねぇんだろうなぁ」

「悩みですか」

寒い駐車場で話していると、段々体が冷えてくる。先輩達も寒いはずだが、その場にたむろって俺が何か言うのを待っていた。

「先週二回夢精したんですけど、俺病気ですかね？」

そんなに短いサイクルで夢精を繰《く》り返す話を聞いたことがない。そもそも、知り合いからは夢精をしたという話すら聞かない。もしかしたらみんな言わなかっただけかもしれないが。

少し深刻な雰囲気《ふんいき》で口にした俺の悩みを聞いた途端《とたん》、先輩達は大笑いした。

「ガキじゃねぇんだから」

先程《さきほど》まで俺の顔を摑んでいた先輩が、肩をばんばん叩《たた》く。強い力が痛い。

「病気じゃねぇけど、溜《た》まりすぎだ。自分でちゃんと出してやりゃ治まるだろ」

「なんだ、色男に見えて意外にウブじゃねぇか」

大声で腹を抱《かか》えて笑う先輩達を前に、言わなきゃ良かったと後悔《こうかい》する。

先輩は「昼も夜もたらし」と親父ギャグで俺の悩みを締《し》めくくると、自分の車に向かう。

俺も原付きに乗って家に帰りながら、明日出勤したら事務の子に伝わってるんだろうな、と思った。

だけど別にどうでもいい。彼女の前で格好付ける気はなかった。

家に帰ってきたら、緒方の部屋の電気がついている。

外でぼんやりとその明かりを見ていたら、玄関《げんかん》が開いた。

「おかえりなさい」

俺に気付いた緒方が当たり前のようにそう言った。

「た、だいま」

緒方の許《もと》に帰ってきたわけではないのに、そう答えるのはおかしな感じだった。

だけど、このやりとりがやけにくすぐったい。

「これからビール買いに行こうと思ってたんですけど、良ければ飲みに来ませんか？」

ああ、やばい。

胸の奥がぎゅっとなる。

触《ふ》れたくなる。触れて欲しくなる。

「はい、行きます」

そう答えたら、今まで大人しかった心臓が馬鹿みたいにうるさくなった。

安いせいで学生の多いスタンディングバーで壁《かべ》に寄りかかりながら飲んでいると、見知らぬ男に声をかけられた。

茶色のファーがついたピンクのジャケットに黒い革《かわ》のズボンとブーツ。短い髪を俺よりも明るい茶色に染めた男が、にこりと笑う。童顔だが、俺より年上のような気がした。

「それ、貰《もら》っていい？」

男は俺のグラスに刺さっている薄《うす》く切られたオレンジを指さす。カンパリを頼《たの》んだら付いてきた。

もともと食べるつもりはないから「どうぞ」と言ってそいつにグラスを差し出す。

男はそのオレンジを摘《つま》んでかじり付いた。いらない皮は近くのテーブルの上に置いてある、誰《だれ》のものか分からないグラスに入れてしまう。

果汁《かじゅう》で汚れた指を舐《な》めながら、男が上目遣《うわめづか》いに俺を見上げた。

「ケースケ、だよね？」

甘えるような舌足らずな呼び方に、俺はなんとなく男が近づいてきた目的に気づく。

「知り合いだった？」

「違うよ。僕が一方的に知ってるだけ」

男は持っていたグラスに口を付ける。平たいグラスには薄桃色《うすももいろ》の女性が好みそうなカクテルが入っていた。

男は俺に体をすり寄せるようにして「一人で来てるなら僕と飲んでよ」と誘《さそ》う。べたべたと腕《うで》の筋肉を触る男に、僅《わず》かな図々《ずうずう》しさを感じながらも、断る理由もないので頷《うなず》く。

「いいけど」

男が色っぽく笑う。その笑顔《えがお》に目的が透《す》けて見える。

「ずっと気になってたんだ、ケースケのこと」

男はそれから俺と共通の知り合いの名前を挙げたあとで、追加の酒を取りに行った。

安いカクテルのアルコールはどこか薬品のような匂《にお》いがして、後味が悪い。

学生時代はそんなこと気にならなかった。あの頃《ころ》はアルコールならそれで良かった。

こんな風に酒の味を気にするようになったのは、もしかしたら緒方と日本酒を飲むようになったからなのかもしれない。

空になったグラスを近くのテーブルに置き、壁に寄りかかったまま赤とオレンジのライトに照らされた薄暗い店内を見回す。隅《すみ》の小さなステージでは素人《しろうと》が下手くそなギターを鳴らしている。うるさい演奏に安い酒の匂いと煙草《たばこ》の煙《けむり》、べとつく床《ゆか》が不愉快《ふゆかい》でならない。

昔はそれなりに頻繁《ひんぱん》に来ていた店なのに少しも楽しくないのは、俺があの頃より年を取ったからなんだろうか。

手持ちぶさたに胸ポケットから煙草を出して火をつける。

久しぶりに口にする煙草は酷《ひど》くまずい。

コンクリが剝《む》き出しの床には空き瓶《びん》や食べかすが落ちている。俺は躊躇《ためら》いもなく汚《きたな》い床に灰を落としながら、居心地《いごこち》の悪さを感じた。

男が戻《もど》ってくる前に帰ってしまおうかと思ったが、壁から背中を浮《う》かしかけて思い止《とど》まる。

今日はなんとなく家にいたくなかった。週末の夜に家にいたら隣《となり》の部屋の動向を気にしてしまいそうで嫌《いや》だったんだ。

火曜日に一緒《いっしょ》に飲んで以来、緒方に対して心が傾《かたむ》いている。あんな風に穏《おだ》やかで優《やさ》しく見た目も良《い》い男とはつきあったことがなかったから、物珍《ものめずら》しくてそう思っているのかと冷静な頭の片隅で思うが、この感覚はどう考えたって恋《こい》に似ていた。

否定したくて緒方のどこがいいのかと考えたら、理由がたくさん浮かんでくる。

だけど相手は〝普通《ふつう》〟の男だ。

「はい」

戻ってきた男が俺にグラスを差し出す。

「ねぇケースケってこの辺に住んでるの？」

期待のこもった声を聞きながらグラスの中身を飲み干すと、男は自分の分まで俺にくれた。よほど喉《のど》が渇《かわ》いていると思われたのかもしれない。遠慮《えんりょ》せずに口を付けながら男の質問に頷く。

安いアルコールが体に回る。意外に度数が強いカクテルだったようで、喉の奥がきゅっと熱くなった。食事を取らずに飲んだから余計に回るのが早いのだろう。

男は俺に一生懸命《いっしょうけんめい》話しかけていたが、俺は適当に相づちをうちながら聞き流す。立っているのが怠《だる》くなって壁に体重を預けた。

「僕ね、ずっとこんな風に話ができたらって思ってたんだよ」

男が顔を近づけてくる。

共通の知り合いは俺の遊び相手だった。お互《たが》い気が向けば体を合わせた。あいつは口が軽いやつだったから、男が俺の性癖《せいへき》を知っていても不思議ではない。

「格好良《い》いなって、ずっと見てたんだ」

俺はこの男を抱《だ》くのだろうかと酔《よ》った頭で考えた。抱きたいんだろうか。

明日は緒方と出かける約束をしている。そんな日に、緒方の夢を見たくはなかった。

この間だって、一緒に晩酌《ばんしゃく》をしている時に緒方に触れそうになったのだ。このままじゃ、きっといつか触れてしまう。その時に俺を待っているのは拒絶《きょぜつ》だけだ。

「嬉《うれ》しいな」

思ってもいないことを口にして、腰《こし》に腕を回す。男の吐息《といき》が耳にかかる。

まるで秘密を打ち明けるように、男は自分の名前を俺に教えてくれたけど、俺は聞いたそばから忘れてしまった。

いきなり揺《ゆ》さぶられて、渋々《しぶしぶ》目を開けるとピンクのジャケットが目に入った。

「僕、もう行くから起きて」

男にしては少し甘みのある高い声に、昨夜《ゆうべ》の記憶《きおく》がゆっくりと戻ってくる。

バーで男に声をかけられて、それから店を変えて飲んで、それからタクシーに乗って、それから……。

二日酔《ふつかよ》いで痛む頭を押さえながら記憶を探《さぐ》り、見覚えのある天井《てんじょう》に目が覚めた。

「え……？」

体を起こしてあたりを見回すと、見慣れた自分の部屋だった。

男は身だしなみを整えると、俺を不機嫌《ふきげん》そうに見る。

「あんたのせいで体まだ痛いんだよね」

男は床に置いてあった自分のバッグを持ち上げて肩《かた》にかけると、「男相手だからって何しても良いと思ってるなら、間違《まちが》いだから。もう外であっても声かけないで」と吐《は》き捨てて部屋を出ていった。

ガチャンと力強くドアが閉められる音を聞きながら、ベッドのそばに散乱している自分の服を見て、今更《いまさら》ながらに自分が裸《はだか》であることに気づく。

「うわ……」

思わず青くなる。

ここで寝《ね》たのなら、おそらく隣の部屋に声が聞こえたはずだ。

隣に女子大生が住んでいた時は、彼氏が訪《おとず》れる週末は必ずあえぎ声が聞こえていた。触発《しょくはつ》されて夜に抱ける相手を呼びだしたことも何度かあった。隣の声が聞こえるなら、こちらの声も隣に聞こえているはずだ。

でも、先程《さきほど》の男の声は少し高めだったから、女性の低い声だと思うかもしれない。いや、もしかしたら家にいなかったかもしれない。

そんな僅かな望みにすがる。

男同士がやってるなんて、〝普通〟の緒方には不気味に思えるだろう。緒方のことだから頭ごなしに否定はしなくても、きっと関《かか》わりたくないと思うはずだ。

だから俺は緒方を好きになるつもりなんてなかったんだ。

普通の緒方にそんな感情を押しつけて嫌《きら》われるのが嫌だった。緒方の側《そば》は居心地がよくて、まるで本当の弟のように扱《あつか》われるのが心嬉《こころうれ》しかった。

だから、自分の気持ちにだって気づきたくなかったのに。

「最悪……」

のろのろと起きあがって、いつもの休日のようにシャワーを浴びながら、そういえば今日は参考書を買いに行く約束をしていたと思い出す。

――きっと断られるだろうな。

緒方は俺を傷つけないように遠回しな断り文句を口にするだろう。仕事で急用ができたとか、具合が悪いとか。俺に非のない理由で今日の約束をキャンセルするんだろう。

ため息をつきながらバスルームを出て、部屋に散らばっている乾《かわ》いた洗濯《せんたく》物の中から、適当に服を身につける。

名前も思い出せない男と一晩寝た代償《だいしょう》がこれだなんて最悪だ。

やるにしたって、どっかその辺のホテルやもしくは相手の家ならよかったのに、どうして自分の家に連れてきたのだろうか。

約束の時間が近づいて、俺は携帯《けいたい》を何度も確認《かくにん》したが、緒方からは断りのメールなんて入って来なかった。もしかしたらメールをするのすら嫌なのだろうか。

そんな最悪の想像をしていると緒方と約束した時間が来て、玄関《げんかん》のドアがノックされる。

半信半疑でドアを開けると、黒いコートを着た緒方が立っていた。

「あ」

いつもと同じで穏やかな表情を少しも崩《くず》さずに、何も知らないような顔で俺に笑いかける。

「はねてますよ」

そう言って緒方が髪《かみ》に触《ふ》れた。耳をかすめた指先に自分でも驚《おどろ》くぐらいに動揺《どうよう》する。

「……ああ、平気」

緒方の指はすぐに離《はな》れた。俺は触れられたところの髪をぐしゃりと摑《つか》んで、動揺を隠《かく》そうとする。部屋の中に戻って財布《さいふ》と携帯を持ってから、クローゼットの中からダウンジャケットを引っ張り出して羽織る。品の良さそうな黒い緒方のコートと並ぶと不似合いだった。

よくよく考えれば俺と緒方の組み合わせは「友人」「同僚《どうりょう》」というには毛色が違《ちが》いすぎる。

家の外に出て、鍵《かぎ》をかけている最中に「兄弟」ならしっくり来る気がした。

真面目《まじめ》な長男と、不真面目な次男という関係ならそう不自然にも見えない。実際、緒方には素行の悪い弟がいる。

「寒いですね」

緒方が白い息を吐き出しながら空を見上げる。

雲一つなくキレイに晴れてはいるけど、気温は低い。強い風にダウンジャケットの前を締《し》めて、両手をポケットに突《つ》っ込んで歩き出す。

緒方は本当に昨日のことを知らないのか、それとも知らない振《ふ》りをしてくれているのか。

真意を探るように視線を向けたが、緒方の表情からそれは読みとれなかった。

俺よりも大人だから、知らない振りがこんなにうまいんだろうか。

緒方は本屋に着くと、迷うことなく店の奥まったところにある参考書コーナーに向かう。

俺の欲しい本は大抵《たいてい》コンビニに売ってるから、本屋に来るのは久しぶりだ。嗅《か》ぎ慣れない紙の匂《にお》いを気にしながら緒方の後に続く。

「これなんか良《い》いと思いますよ」

緒方が手に取って薦《すす》めて来たのは「ピヨコでもわかる小論文」だった。

それが理解できなかったら、俺はヒヨコ以下になるんだろうか。表紙にヒヨコが描《えが》かれたそのテキストをじっと見ていると、緒方が俺の代わりにぱらぱらと中を開く。

「私も昔、この著者の本を使って勉強してたんですよ」

「緒方さんも……？」

「ええ。そのときは『ウマとシカでもわかる小論文』でしたけど」

ウマとシカからヒヨコへグレードアップしたのかダウンしたのか分からないが、内容がどう違《ちが》うのか気になる。

中をみると、文字も大きいしイラストでの解説もあり、難しそうには見えない。まず原稿《げんこう》用紙の書き方から解説してあるので、それを買うことに決めた。その他《ほか》にも緒方が薦める面接の本と、原稿用紙を買って本屋を出る。

「良かったら少しつきあってもらえませんか？」

「別にかまわないけど、どこに行くんですか？」

緒方は意味ありげに笑うとタクシーを停《と》めて乗り込む。

向かった先は人の多い街中だった。通りに軒《のき》を連ねる店先にはアクセサリーや派手な洋服が陳列《ちんれつ》してある。狭《せま》い歩道を休日の人混《ひとご》みを避《さ》けて歩く。この辺りは昔から十代後半から二十台前半までの年齢層《ねんれい》の人間が集まっている。当然立ち並ぶ店も彼ら向けで、緒方の行きたいような店があるとは思えなかった。

俺は緒方の後をついて、わき道に入る。柄《がら》の悪い連中が縁石《えんせき》に座りながら、うろんな目で通行人を眺《なが》めていた。そんな彼らの伸《の》ばした足に緒方が躓《つまず》く。

「ってぇな」

男が緒方を睨《にら》みあげる。男の傍《かたわ》らで自動販売機《じどうはんばいき》に寄りかかっていた奴《やつ》が、緒方に近づく。

俺たちよりも背が低いので、自然と見下ろす形になった。

そいつが何か言いかける前に、俺は黙《だま》ったままの緒方の背を押して「悪かった」と口にする。路上に足を伸ばしている方も悪いとは思うが、こんなところで厄介《やっかい》ごとになるのはごめんだ。

「ああ?」

睨みあげる彼らの視線を制するように、牽制《けんせい》を込めて軽く睨み返しながら「悪い」ともう一度謝罪する。

へらへら笑うのは逆効果だ。口では下に出ながらも態度は威圧《いあつ》的なまま、彼らの前から遠ざかる。背後からは舌打ちが聞こえたが、それ以上絡《から》まれることはなかった。

「で？　緒方さんどこに行くの？」

こんな場所に緒方といるのは危なっかしくてそう尋《たず》ねると、緒方は足を止めてあたりを見回した。

「すみません、どうやら迷ってしまったようです」

迷子のくせに穏《おだ》やかに笑った緒方は相変わらず抜《ぬ》けている。

「どこ行きたいんですか？」

高校時代はこのあたりでよく遊んでいた。最近は来なかったから、変わってしまった店も多いだろうが聞けば分かるかもしれない。

緒方は店名を口にしたが、俺の知らない店だった。

「調べてみれば分かるかも」

そう言って携帯《けいたい》電話を取り出す。ネットで調べれば出てくるんじゃないだろうかと思ったが、ボタンを押す俺の手を緒方が止めた。

「いえ、他の店に行きましょうか」

見上げると、緒方はいつもよりも優《やさ》しげな笑《え》みを浮《う》かべていた。

「でも、せっかくここまで来たし……」

緒方は俺の言葉の続きを聞かずにタクシーを停める。

夕食には少し早い時間だったが、そのまま少し高そうな多国籍《たこくせき》料理店に連れて行かれた。

個室に案内されメニュー表を見ながら、エスニックな料理を注文する。

香草《こうそう》の匂いは苦手じゃないが物珍《ものめずら》しくて、美味《うま》いと思うより不思議な味だと思った。

食後に頼《たの》んだ酒も不思議な味がした。甘ったるくて、牛乳のような後味の酒はくせもきついがアルコールもきつい。外国の民族衣装を身にまとった女性が注文を取りに来ると、緒方は再び酒を頼んだ。いつもよりペースの速い緒方につられて、俺も注文を追加する。

少しあっさりしたものが飲みたくて、檸檬《レモン》とミントの酒を選ぶ。

しばらくしてその酒が運ばれてくると、緒方はそれまでの話題を急に変えた。

「昨日……佐伯さんの家に来ていた方は恋人《こいびと》ですか？」

恐《おそ》れていた質問に、俺はぼんやりしていた頭が醒《さ》めていくのを感じる。

——ああ、やっぱり聞こえていたのか。

緒方が頼んだ砂糖のかかった甘いラスクの様な菓子《かし》に手を伸ばして、憂鬱《ゆううつ》な気分で一口齧《かじ》る。

聞き慣れない名前の菓子だったが、結構美味い。

だけど酒のつまみには甘すぎた。おかげで酒がやけに苦く感じる。

「恋人じゃない。会ったばかりのやつ」

俺はそう答えてから、指先についた砂糖を舐《な》め取る。何か甘い花の匂いがした。

「男性のようでしたが……」

緒方が俺の表情の変化を見極《みきわ》めるように視線を向けた。その先を言えば俺が怒《おこ》ると思っているように、言葉を濁《にご》す。まさか面と向かって聞かれるとは思わなかった。だけど今更《いまさら》隠《かく》し立てするつもりはない。下手な言い訳をするぐらいなら、認めたほうが早い。

「ああ、男も女も……区別しないんです」

淡々《たんたん》と言いながらも、自分の性癖《せいへき》を告白することが、内心怖《こわ》かった。

「軽蔑《けいべつ》したいならすればいいよ」

だから軽蔑される前に、先回りしてそう言った。平気な振りをして、サラダのフォークに手を伸ばす。

緒方は少し言葉を選ぶように躊躇《ためら》った後で顔を上げる。

「……佐伯さんに、お願いがあるんです」

「何？」

何を言われるだろうかと思いながらその顔を見返す。

二度と話しかけないでくださいとか、もう家に来ないでくださいとか、緒方が俺にするお願いなんてそういった類《たぐい》のものだろう。

そう切り出されても良いように、覚悟《かくご》を決めていると緒方は予想もつかないことを言った。

「私も……そうなんです」

「え？」

意味が分からずに聞き返す。

「私の恋愛《れんあい》対象も男性なんです」

思わずフォークを皿の上に落とした。ガシャンと耳障《みみざわ》りな音を立てたが、そんなこと気にならなかった。

聞いたばかりの言葉が理解できずに、俺は口を開けたまま間抜《まぬ》けな顔で言葉の意味を考える。

「俺のこと……からかってんの？」

その話がとても本当だとは思えなかった。緒方からはそういう気配が全くしない。

俺の言葉に緒方は緩《ゆる》く首を振《ふ》ると「正直に話すと、私は榛原さんが好きなんです」とさらに信じられないことを口にする。

前に榛原と知り合いだとは言っていたが、まさか片思いだなんてあり得ない。

「冗談《じょうだん》にしては、質《たち》が悪いですよ」

仮にそれが本当だったとしても、何でそんな事を急に緒方は言いだしたんだろう。

気を取り直そうと頼んだ酒を口にする。檸檬とミントの味がする筈《はず》なのに、今は何の味も感じられなかった。飲めば飲むほど喉《のど》が渇《かわ》くような気がして、テーブルの上にグラスを置く。

澄《す》み切った水のような酒を見つめながら緒方の言葉を待つ。

「こんなこと、本気でなければ言えません」

あり得ない。

「お願いです。榛原さんとのこと、協力して貰《もら》えませんか？」

緒方が焦《あせ》るような目つきで俺を見る。真剣《しんけん》で切迫《せっぱく》したその顔を見て胸の奥が痛んだ。

何かを言わなきゃと思うのに、唇《くちびる》が動かない。

軽蔑されるよりも良かったのかもしれないが、うまい言葉が浮かばない。

「……なんで？」

緒方が榛原の事を好きだという理由が分からない。

接点だってないだろうし、仮に緒方が男を好きだというのが事実だとしても、その相手が榛原というのが納得《なっとく》できなかった。

真面目《まじめ》でおおよそ欠点のない緒方みたいな人間が、榛原のような人間を好きになるなんてあり得ないし、不公平だと思った。

あいつなんかよりも俺の方がもっと緒方の近くにいるし、緒方が好きだ。

そんな風に考えてしまう自分を馬鹿《ばか》みたいだと思いながらも、それでも不公平だという気持ちが膨《ふく》らんでいく。

「昔、榛原さんに助けられたことがあるんです。たぶんそのときから好きだったんだと思います。この間たまたま工事現場で見かけて、それで再燃してしまって」

緒方は照れたようにそう笑う。

「昔って？」

緒方は曖昧《あいまい》に笑って俺の疑問には答えずに「協力してくれますか？」と聞いてくる。

なんでそんなことに協力しなくてはいけないんだと思いながら、それでも緒方との接点を増やしたいと思った。

部屋に上がり込んで飯を食う関係はある意味不自然だ。与《あた》えられるだけの関係はいつか簡単に崩《くず》れるだろう。だから、俺が緒方に協力すると約束すれば、その不自然な関係をより強固なものにできるような気がした。

「……いいですよ、しても」

そう言った途端《とたん》に緒方の顔が輝《かがや》く。

「ありがとうございます」

緒方が半分まで減った俺のグラスを見ながら「断られると思ってました」とほっと口元をゆるませる。

「どうしてですか？」

「だって……普通《ふつう》は他人の恋愛の世話なんて面倒《めんどう》でしょう？　しかも男同士なんて」

緒方は「本当に佐伯さんて優しい人ですよね」と言った。

「優しいのは緒方さんのほうだろ」

見ず知らずの俺に飯を食わせたり、本屋につきあったり、勉強を教えると言ってみたり、普通はただの隣人《りんじん》にそんなことはしない。

それに下心があるから「優しい」と褒《ほ》められるのは居心地《いごこち》が悪い。

緒方はゆるく首を振って否定すると、自分の分の酒を口に運んだ。

その口元を見ながら、緒方が俺を好きになればいいのにと思った。

緒方がそばにいれば俺も優《やさ》しくなれる気がしたし、何もかも良くなるような、そんな気がした。


俺の父親よりも年上の交通整備のアルバイトが怒られているのを見て、榛原が馬鹿にするように笑った。

まだ始めて間もないのか、ろくに誘導《ゆうどう》が出来ずに交通整備に慣れた若い大学生に、きつく注意されている。

「こんなこと言われなくても常識じゃないんスか？　いちいち俺に注意させないでくださいよ」

大学生は呆《あき》れたように頭を掻《か》いて、自分より年輩《ねんぱい》の男性に背を向ける。

男性は頭を下げながら、しょぼくれた顔で昼飯を買うために俺たちと一緒《いっしょ》に近くのコンビニに向かう。俺は弁当を買って奥のイートインスペースに向かうが、そこはすでに満員だった。

あきらめて外に出ると、食べる場所を探しているアルバイトの男性を見つけた。

「車の中で一緒に食べませんか？」

そう誘《さそ》うと、男性は頷《うなず》いて付いてきた。

二人で埃臭《ほこりくさ》いバンの中に入る。俺は運転席に座り、男性は助手席に座った。ラジオをつけながら、俺は買ってきた弁当を開ける。

最近コンビニばかりで飽《あ》きていたが、朝起きて弁当を作る気はしない。それに一日中外にいるから、昼は温かいものが食べたかった。冷えた弁当じゃ、体を温められない。

「私だめですよねぇ」

男性がぽつりとそう言う。

「みんな最初はそんなもんですよ」

ため息をついてから男性は「そうですか」と言って、暖房《だんぼう》に手を伸《の》ばして風力をあげる。動いている俺たちよりも立っているだけの交通整備の方が寒いのだろう。

男性が熱いおでんを食べていると、いきなりバンの後部座席のドアが開いて、榛原が乗り込んできた。

「寒いッスねー。もうこのまま帰っちまいたいぐらいッスよ」

嫌《いや》そうに言った後で、同じくコンビニで買ってきたカップ麺《めん》に口をつけた。

しばらく食べることに集中していたが、沈黙《ちんもく》に気を遣《つか》ったのか男性が榛原に向かって「この仕事は長いんですか？」と後ろを少し振り返りながら尋《たず》ねた。

「一ヶ月くらいッスね」

榛原はそう言いながら、ふやけたナルトを口に入れる。

改めて榛原を見るが、緒方が執心《しゅうしん》する相手とはとても思えない。一体どこで知り合ったのか、緒方が話さないなら榛原に聞いてみたいが、それはすでに緒方から禁止されている。

飲み屋で「榛原さんに私の話はしないでください」と頼《たの》まれている。あの日以来何度か一緒《いっしょ》に飯を食ったが、その度《たび》に緒方から榛原の事を聞かれた。そして何度も念を押すように榛原に、自分のことを秘密にするようにと、頼んでくる。

一体なぜそこまで緒方が自分のことを榛原に話されたくないのかは分からないが、一度言わないと約束してしまった以上、榛原に緒方との事を聞くことはできない。

「そうですか。その割りには榛原さんと佐伯さんは仲がいいですよね。歳《とし》が近いからですかね」

今日会ったばかりなのに、もう俺と榛原の名前を覚えているらしい。

おそらく現場監督《かんとく》が呼んでるのを聞いて覚えたのだろう。おじさんの名前を覚えていないのが悪い気がして、ちらりと胸元《むなもと》を確認《かくにん》したがそこには会社名しか書いてなかった。考えてみれば単発の交通整備のアルバイトに、名前入りのジャンパーが用意されているわけもない。

「ケースケさんとは昔馴染《むかしなじ》みなんスよ」

榛原がそう答えてから、ずずっと音を立てて麺を啜《すす》り上げる。

「ああ、なるほど。じゃあご実家もこのあたりなんですか」

「実家は少し離《はな》れてますね。隣《となり》の県ですから」

俺は車で二時間ぐらいだと説明した。高速を使えばもっと早く帰れるが、どのみち実家に帰るとしたら電車を使うしかないだろう。原付きで実家まで帰る気にはとてもならない。

去年バイクで事故に遭《あ》う前はバイクで帰っていたが、原付きに乗り換《か》えてからは電車だ。

「へぇ、じゃあ偶然《ぐうぜん》同じ職場になったんですか」

榛原は黙《だま》って麺を啜ったが、確かに地元から離れた場所で同じ職場になるなんて奇遇《きぐう》だ。といっても実家からそれほど離れているわけでもないから、そう大げさな偶然ではない。

「それより、ケースケさん。高橋さんと連絡《れんらく》取れました？」

「まだ取れてない」

最近顔を合わせるたびに聞かれるこの質問にうんざりしはじめた。

榛原は俺の答えにいつものように不機嫌《ふきげん》に黙り込む。

「なんでそんなに高橋に会いたいんだ？」

「だから、どうしてもまた三人で飲みたいって言ってるじゃないッスか！」

榛原は突然《とつぜん》声を荒《あら》らげる。

食べ終わったカップ麺のゴミをビニール袋《ぶくろ》に入れると、「マジでさっさと連絡取ってくださいよ」と怒《おこ》ったように言ってから、苛立《いらだ》ったようにバンのドアを閉めていなくなった。

男性はあっけにとられたような顔をしていたが、キレやすい榛原に慣れている俺は特に気にしなかった。

あいつの短気は一種の病気で、中学時代は俺や高橋にまで殴《なぐ》りかかって来たことが何度かあった。もっとも、俺も高橋も一度も殴らせてはやらなかったが。

「最近の子はどこに地雷《じらい》があるか分からないですね」

「あいつは特別ですよ」

俺がそう答えると、男性は食べ終わったおにぎりのセロファンを榛原と同じようにコンビニの袋にがさがさ詰《つ》め込みながら「私にも娘《むすめ》がいるんですが、キレやすくはないですね。純粋《じゅんすい》だし金がかからないいい子なんですよ」と言った。

「そうなんですか」

「ええ、冴子《さえこ》っていうんですが、良かったら一度会ってみませんか？」

「いや、俺みたいなのはダメですよ」

相手には不自由していないし、親公認のおつきあいなんて重すぎる。

「冴子以外にも娘がいるんですが、どうですか？　試《ため》しに」

「そういわれても、娘さんのほうが俺のことお断りだと思いますよ」

やけに気に入られたな、と不思議に思う。俺みたいなタイプは初対面の人間に気に入られるということがあまりない。それにどちらかというと、娘を持つ父親は俺の事を敬遠するだろう。

一度女友達の家で向こうの父親と鉢合《はちあ》わせた時、ぎょっとされたことがある。

「どうしてです？」

断るためにマイナス材料になりそうなことを考えた。それを口にしようとしたときに、コンビニの中で食べていた先輩《せんぱい》達がどやどやと現場に戻《もど》ってきた。

時計を見れば休憩《きゅうけい》時間もあと残り僅《わず》かだ。

「そろそろ行きますか」

俺がそう言って話を切り上げると、男性は「はい」と頷く。大学生に怒られていた男性の姿を思い出して、俺は励《はげ》ますように「すぐに慣れますよ」と言った。

「だといいんですけどね」

男性より先にバンを出て自分のメットを被《かぶ》る。女房《にょうぼう》の悪口を言ってる先輩達の間を抜《ぬ》けて、持ち場につく。榛原はもう休憩時間も終わるというのに一人トラックから離れたところで、携《けい》帯《たい》に向かって何かを捲《まく》し立てていた。先ほどの怒りがまだ尾《お》を引いているのか、その表情は硬《かた》いままだ。

そんな榛原を苦い目で見ている現場監督に気づいて、嫌な予感がする。いつの間にか俺は榛原の教育係になっている。昔の知り合いというだけで責任を取らされるのは、納得《なっとく》がいかない。

嫌な予感と寒さで萎《な》えそうなやる気を上げるために、緒方のことを考えた。

明日が俺の休日だから、今日は緒方と飲むことになっている。また美味《うま》い酒と飯にありつけると思うと、自然とやる気が出てくる。

「ふざけんなっ」

背後から聞こえた声に驚《おどろ》いて振《ふ》り返ると、携帯に向かって怒《ど》鳴《な》った榛原が苛立ち紛《まぎ》れにトラックの荷台をガンと蹴《け》っていた。

つくづく緒方が榛原を好きだというのが不思議に思える。榛原なんかいつもキレているのに、緒方の手に負えるんだろうか。そもそも榛原は男同士に嫌悪《けんお》感《かん》を持っているから、緒方の想《おも》いが成就《じょうじゅ》することはない。

けれど間違《まちが》って友人関係にでもなったら、緒方は榛原に良《い》いように使われそうだ。人の良い緒方を見ているとただでさえ心配になるのに、そこに榛原のような奴《やつ》が絡むと余計だ。

仕事が終わってから事務所に帰ると、案の定現場監督に榛原は叱《しか》られた。それを横目に道具を片づけていると、俺も呼ばれて一緒《いっしょ》に怒鳴られた。

仕方なく俺は頭を下げない榛原の代わりに監督に頭を下げる。

監督がいなくなると、榛原は俺に向かって「例の件、頼みましたよ」と言ってすぐに駐車場《ちゅうしゃじょう》の方に向かった。代わりに頭を下げた俺に対して、謝罪も礼もないその態度に腹が立つ。

「おい。お前、もっと真面目《まじめ》にやれよ」

勤務態度の事を注意すると、榛原は「ああ、すいませんでした」と納得のいかない顔でそういい、愛車に乗り込んで唸《うな》るようなエギゾーストと共にバイクを発進させる。

走り去っていく黒いバイクを見送りながら、ため息を吐《つ》いて原付きに跨《また》がって走り出す。

苛々《いらいら》する頭を切り替《か》えるように、家に帰る前に魚屋に寄って、つまみになりそうな魚を物色した。

「美味いよ。ちょちょっと醤油《しょうゆ》付けて焼いてから酢橘《すだち》しぼってさぁ、日本酒に合うんだよ」

紺色《こんいろ》の前掛《まえか》けをした魚屋の親父に勧《すす》められるまま、丸干しにされたうるめ鰯《いわし》を買う。横の八百屋で酢橘も買った。魚を袋に入れて、それをハンドルのところにかける。

信号で停《と》まった時に向かいの車の中に緒方を見つけた。助手席に座り、傍《かたわ》らの男と何かもめている。運転席に座っているのは柄《がら》の悪そうな男だった。髪《かみ》や格好は分かるが顔はよく見えない。派手な髪色をした男を見て、そういえば緒方の好みは榛原だったと思いだす。

ああいうタイプが好きなのかも知れない。

車が流れ出し、すれ違《ちが》うときも緒方は俺には気付かなかった。けれど一瞬《いっしゅん》見えた運転席の男の横顔が、前に交番前で見たことのある緒方の弟だと気付いてほっとする。

緒方が他《ほか》の男といるところを見ただけで胸が騒《さわ》ぐなんて、重症《じゅうしょう》だ。

家に帰ってから約束まで時間があるから、久しぶりに湯船に浸《つ》かり部屋を片づけた。

掃除《そうじ》が終わってから先日試しに書いてみた小論文を読み直す。小難しいテーマに頭を悩《なや》ませて書いた文章を見ながら、取り寄せた入学案内を思い出した。

「俺みたいな馬鹿《ばか》でも入れんのかな」

高校時代からあまり頭は良くなかった。だけど学校自体のレベルが低かったから、テスト前に勉強するような生徒はごく少数だった。俺もテスト勉強なんてしなかったが、周りが勉強しないおかげで平均点ぐらいは余裕《よゆう》で取れた。けれどそれはうちの高校での平均点であって、他の高校からしたら、赤点もいいところだろう。

現役《げんえき》時代だってその程度だったのに、今更《いまさら》大学を目指すなんて無謀《むぼう》に思える。

濡《ぬ》れた髪が乾《かわ》いた頃《ころ》、壁《かべ》がノックされる。

コンコンコン。

三回叩《たた》かれたそれを合図に、俺は緒方の部屋に向かう。壁が薄《うす》いとこんな便利な使い道もある。

部屋のドアを開けると、玄関《げんかん》横のキッチンで緒方はフライパンの中の炒《いた》め物を混ぜていた。

「つまんでてください。これだけ焼いちゃいますから」

テーブルの上にはすでにいくつか料理が並んでいる。

「いいよ、手伝う」

横に並んで、青いビニール袋から、うるめ鰯を取り出す。

「これ、買ってきたんだ」

「ああ、良いですね」

さっそく魚焼き器の網《あみ》の上に並べた。魚屋の店主が言っていたことを思い出して、醬油を振りかける。

一瞬、横で料理をしていた緒方と肩《かた》が触《ふ》れた。

途端《とたん》にむず痒《がゆ》いような気持ちになって、緒方にもっと触れたくなる。

「そういえば……」

黙《だま》ったままでいるからそんな変な気持ちになるんだろう。

「さっき、車運転していたのって……弟さんですよね？」

緒方は驚いたように俺を見てから「そうですね、ええ」と歯切れ悪く頷《うなず》く。

不出来な弟を隠《かく》したいのだろうか。緒方でもそういう風に考えることがあるんだろうか。

いや、緒方だって聖人君子ってわけじゃないだろう。俺は緒方に理想を押しつけているような部分がある。

「仲良いんですか？」

「そうでもありません」

緒方はあまりその話をしたくないようだったので、俺は持ってきた酢橘を半分に切って、良い感じに焦《こ》げ目のついた魚に搾《しぼ》り掛《か》けた。

じゅわっと、音がして香《こう》ばしい匂《にお》いが漂《ただよ》う。皿に盛ったところで、緒方の料理もできあがった。それを手に食卓《しょくたく》に着きながら、魚は飯が終わってから焼けば良かったと少し後悔《こうかい》する。

先に飯を食うと、酒の肴《さかな》にする頃には冷めてしまうだろう。

「美味《うま》そう」

緒方が座るのを待ってから、プルコギに箸《はし》をつける。辛《から》そうな色をしているが、実際はそれほどでもない。辛いが深い甘みがあって、肉と野菜を噛《か》むとごま油の風味が口の中に広がる。

「緒方さんて、いい夫になりそうですよね」

ウーロン茶をグラスに注いでくれた緒方は「友人にはそんな風に言われたことありませんけどね」と謙遜《けんそん》する。

「料理も出来て性格も良いし、公務員だし……結構良い条件そろってるじゃないですか」

「公務員は好条件なんですか？」

理解できないというように緒方が首を傾《かし》げる。

「このご時世じゃそうだと思いますけど」

世間は不況《ふきょう》だなんだと忙《せわ》しない。永久就職なんて言葉はとっくに消え去って、その代わりにリストラ、派遣《はけん》切りなんて言葉が飛び交《か》っている。俺たちのような肉体労働の職場は基本的に昔からそういう風潮があるが、最近は会社を追い出されてアルバイトとして働く中年世代の労働者も多い。今俺の現場にいる交通整備のおじさんも、きっと似たような経緯《けいい》でうちのアルバイトをしているんだろう。今の世の中は高収入よりも安定が求められるんだろう。

「榛原さんも、そういうのがお好きなんでしょうか？」

春雨《はるさめ》とシメジとイカをオイスターソースで炒めた料理を口に運んだ緒方は、榛原に思いをはせるように、少し遠い目をした。

不意に、それまで楽しかった食事があまり楽しくなくなる。

緒方が榛原を好きなのだと思い出すのは、俺にとってあまり嬉《うれ》しいことではない。

それでも協力すると言った手前、榛原の話題からは逃《のが》れられない。

「緒方さんさ……なんで榛原が好きなの？」

前に聞いた理由だけじゃ納得《なっとく》できずに、再び尋《たず》ねる。

「前に言った通りですよ。昔、彼に助けられたんです」

「それだけ？」

「ええ」

「助けられただけで、男のこと好きになれるんですか？」

「おかしいですか？」

「おかしいよ。だって緒方さんは、ゲイじゃないですよね。女の人が駄目《だめ》なわけじゃないんだろ？」

緒方からはそんな匂いはしない。普通《ふつう》の男が助けられたという理由だけで、同性を好きになれるだろうか。そもそも助けられたと緒方は言うが、そのときの詳細《しょうさい》は語ろうとしない。

一体榛原がどんな状況《じょうきょう》で緒方を助けたのか、俺は未《いま》だに想像も出来ないでいる。

「確かに今までは女性とつきあってきました。だけど彼は特別なんですよ」

緒方は柔《やわ》らかく微笑《ほほえ》みながら「凄《すご》く格好良かったんです」と続ける。

「へぇ」

榛原と格好良《い》いという言葉が一致《いっち》しない。

「だから、少しでも彼のことを知りたいんです」

俺は漏《も》れそうになるため息を飲み込んで、また榛原の話をする。今日は一緒に昼飯を食べたとか、榛原が最近風俗《ふうぞく》にはまっているとか、中学時代の思い出を聞かれるがままに話す。

中学時代の話をするとき、自然と高橋の名前も出た。

緒方は時々質問や相づちを交えながら、興味深そうに俺の話に耳を傾《かたむ》けた。

食事を終えてテーブルを片づけ、晩酌《ばんしゃく》をしながら俺は緒方のベッドに寄りかかる。

酒が回ってきて、頭を緒方のベッドに預けながら、このベッドで緒方は誰《だれ》かを抱《だ》いたことがあるのだろうかと考えた。

あるとしたら、どんな顔で抱くんだろう。

「あのさ……」

ちょうど榛原の話も途切《とぎ》れ、そんな下世話な想像が止まらなくなる。

「緒方さんは……榛原のこと、抱きたいの？　それとも抱かれたいの？」

緒方はびっくりしたような顔で俺を見返す。

それから「抱かれたいと、思ったことはありません」と言った。俺はうるめ鰯《いわし》を頬張《ほおば》りながら、それをきつい熱燗《あつかん》で喉《のど》の奥に流し込む。

熱燗にすると酔《よ》いが回るのが早い気がする。

おかげで言わなくてもいいような事を口走っている。

「抱けるんですか？」

緒方が困った顔で俺を見る。そんな顔を、もっとさせてやりたい気分になる。

「抱き方、知ってるんですか？」

緒方は榛原には勿体《もったい》ない。それに榛原はきっと、緒方を拒絶《きょぜつ》するだろう。

どうせなら俺を選べばいいのに、なんで緒方は俺を選ばないんだろう。緒方が俺を選んだら、俺は緒方を拒絶したりなんかは絶対にしない。

「女性とは違《ちが》いますよ。男は、いろいろと準備が必要なんです」

そう言って笑うと、緒方はいやらしさの欠片《かけら》もないような顔で「なんの準備ですか？」と聞いてくる。

「受け入れるための準備ですよ。指で慣らすんです。やり方も知らないのに、あいつのこと抱けるんですか？」

無意識に馬鹿《ばか》にするような声音《こわね》が混じった。

自分の想《おも》いが緒方に届かないという苛立《いらだ》ちを、緒方自身にぶつけようとしている。

俺は猪口《ちょこ》をおいて、フローリングの上にそのまま座っている緒方に近づく。

「教えてあげましょうか？」

緒方の手を取ってその指を舐《な》めた。舌を伸《の》ばして官能を煽《あお》るように、根本から指先までをしゃぶると、緒方は驚《おどろ》いた顔をする。

「男の抱き方、俺が教えてあげますよ」

緒方の目を見ながらキスをした。触れるだけのキスの後で、緒方の顔に嫌悪感《けんおかん》がないのを確《かく》認《にん》してから、もう一度合わせる。酷《ひど》く驚いている緒方の物言わぬ唇《くちびる》を舌で舐めた。

反応を返さない緒方のジーンズに手を伸ばす。ファスナーに指を掛けると、さすがに緒方は俺の手を掴《つか》んだ。

「さえき……」

何かを言いかけた唇を再びキスで塞《ふさ》ぎながら、ボタンを外して下着の中に指を入れる。まだ柔らかいペニスに指を這《は》わせる。そのまま押し倒《たお》すように緒方をキスで追い込む。床《ゆか》の上に背中をつけた緒方から、メガネを奪《うば》った。

抵抗《ていこう》しないのをいいことに、俺は緒方のペニスを口に含《ふく》む。

息を呑《の》む音が聞こえた。

だんだんと熱く、硬《かた》くなっていくそれを舌で舐めて、喉の奥まで吸い上げる。

「んっ……、んっ……」

じゅぶじゅぶと唾液《だえき》が濡《ぬ》れた音を立てる。わざと大きな音が出るようにした。

袋《ふくろ》の継《つ》ぎ目を舌でたどって、そのままカリのところまで舐めあげる。手で擦《こす》りながら亀頭《きとう》を舌で弄《いじ》ると、緒方が小さく呻《うめ》く。普段《ふだん》ストイックな緒方が上げるかすれた声にひどく興奮する。

ペニスは口いっぱいに大きく膨《ふく》らみ、硬く反り返っていた。

感じているのが嬉しくて、再び奥までくわえて吸い上げながら口を動かす。

「んっ、んくっ…っ」

頭に緒方の手が触《ふ》れる。押さえつけられるのは嫌《いや》だと思っていると、そのまま優《やさ》しい動作で緒方が髪《かみ》を撫《な》でていく。子供を褒《ほ》めるような手つきに、キスがしたくなった。

「佐伯さん」

荒《あら》い吐息《といき》が混じった声で呼ばれ、髪を撫でる指先に力がこもる。

張りつめた先から、滲《し》み出すガマン汁《じる》を舐めとっていると「放してください」と言われた。

だけど余計に奥の方までくわえ込んだ。促《うなが》すように喉を使う。

サオを扱《しご》きながら、音を立てて吸い上げる。

こんなに熱くて硬いのに、冷静な声を出す緒方を追いつめてやりたいと思う。緒方が欲情に屈《くっ》するところを見てみたかった。

それは榛原を好きだと口にする緒方への仕返しであり、憂《う》さ晴らしだ。

「俺の口のなかに出してください」

緒方の顔を見上げてそう言った。尖《とが》らせた舌先で鈴口《すずぐち》を突《つつ》きながら、また深く飲み込む。

「っ」

息を呑む音がして、喉の奥で精液が熱く弾《はじ》ける。思わず咳《せ》き込んで、掌《てのひら》の上に粘《ねば》つくそれをはき出した。いくら緒方のものとはいえ、精液の臭《にお》いや味は好きになれそうにない。

緒方はすみませんと謝って、俺の手を近くにあったティッシュで拭《ぬぐ》う。

「どうしてこんなことをするんですか？」

困ったような怒《おこ》ったような緒方の声に「協力するって約束しただろ」と返す。

緒方は一瞬《いっしゅん》だけ苛立ったように眉《まゆ》を寄せたが、それ以上は何も言わなかった。

夢の中のようにはいかない。

気まずい雰囲気《ふんいき》に思わず唇を噛《か》む。

失敗したと思っていると、緒方は勃《た》ち上がった俺のペニスに服の上から触れた。

「ぁ…っ」

突然《とつぜん》の刺激《しげき》に驚くと、そのまま抱きすくめられた。

緒方はどんな顔をして居るんだろうと思ったが、背中から回った緒方の手が俺の頭を肩口《かたぐち》に押さえつけたため、顔は見られなかった。緒方の行動に続きを期待して、そのまま緒方のやりたいようにさせる。

ジャージのなかに緒方の手が入り込む。下着ごと脱がされ、直接触れられた。

緒方のものを舐めるだけで硬くなっていたペニスは、その刺激を震《ふる》えながら喜んで受け入れる。扱くように掌で愛撫《あいぶ》されて、ぞくぞくと背中が快楽に震えた。

「いいですか？」

「ん、いいよ。そのまま、擦ってくださ、い」

腰《こし》を引き寄せられて緒方の体を挟《はさ》んで、緒方の足の上に座る。ペニスの皮の繋《つな》ぎ目を親指でひっかかれて鼻にかかった声が挙がる。

「やり方、他《ほか》には何があるんですか？」

耳元で緒方の掠《かす》れた声が響《ひび》く。艶《なま》めいた声にますます期待が膨らんだ。

うまくすれば緒方を抱けるかもしれない。

「男抱く時は、相手が慣れるまではバックでやったほうが、挿《い》れやすいんですよ」

緒方の耳にそんなことを囁《ささや》く。

「だから榛原とやるときは、ちゃんと後ろからしてやったほうがいいです」

そんな日は来ないだろうが、親切面《づら》してアドバイスをする。

「分かりました」

緒方は素直《すなお》に頷《うなず》くと、俺の頭を押さえつけた手を離《はな》して、上に着ていたトレーナーを脱《ぬ》がす。

「え？」

「ああ、脱がさないのが普通《ふつう》なんですか？」

そう聞かれて「そういうわけじゃないけど」と言い淀《よど》む。脱がされるとは思っていなかった。

思いのほか積極的な緒方に、少し面を食《く》らう。

「あっ」

いきなり胸を舐められて、驚いて声が出た。自分のその声が恥《は》ずかしい。

「女、じゃないんで、そういうのは」

男だって感じる奴《やつ》は感じるだろうが、俺はそんなところを弄られるのは好きじゃない。緒方は律儀《りちぎ》にも女とするときの手順のままましようとしているのだろうか。

「緒方さん、あ……ぁっ」

拒絶したはずなのに、再び緒方に舐められ甘噛みされる。

「でも、気持ちよさそうですよ」

緒方の片手は相変わらずペニスを弄っている。そっちの快感で、声が出たんだ。胸を弄られたせいじゃない。そう言いたいのに音を立てて舐められて、吸われて、そんなことを繰《く》り返されるうちに、だんだんと痺《しび》れるような熱が胸に宿り始めたのが分かった。

「っ…あっアッ」

思わず腰を捩《よじ》る。緒方の肩《かた》に手を突いて逃《のが》れるように腕《うで》を突っ張《ぱ》ろうとしたが、腰に回された緒方の腕は大した力も入っていないのに俺の体を押さえ込む。

「気持ちいいですか?」

緒方の手がペニスの根本をきゅっ、きゅっと断続的に締《し》め付ける。搾乳《さくにゅう》でもするようなその動きに、とろりと透明《とうめい》なガマン汁が零《こぼ》れたのが分かった。

「イイ……です。俺、結構色んな相手としてますけど、手だけでこんなにイイのって、なかなかないです」

俺が褒めると、途端《とたん》に緒方はその場所から手を離す。

焦《じ》らされているのかと顔を覗《のぞ》き込めば、緒方は不機嫌《ふきげん》な顔をしていた。

「緒方さん？」

緒方は俺の体を更《さら》に引き寄せる。ぎゅっと隙間《すきま》無く抱《だ》きしめられて、ペニスが腹に当たる。そのことに気を取られていると、緒方の手が尻《しり》に触れた。両方の尻を揉《も》まれて、慌《あわ》てて開いた口はキスで塞がれる。

緒方からされた初めてのキスなのに、ろくに堪能《たんのう》する余裕《よゆう》もない。

「んっ……く……」

触《さわ》られるだけならまだ良かった。けれど緒方の指が色の変わった皮膚《ひふ》に触れると、さすがにじっとしていられなくなる。けれどろくに抵抗しないうちに、その指が中心に潜《もぐ》り込む。

「っ、あ……お、がたさん!?」

穴に挿れられた指に驚《おどろ》いて、声がうわずる。そんな場所に触れられると思っていなかった。

硬い指の感覚。異物感が恐《おそ》ろしくなる。

「ああ、すみません。濡らすんでしたよね」

怒ったような声の緒方に焦《あせ》る。先程《さきほど》までは普通だったのに、どうしていきなり雰囲気が変わったのか分からない。だけどそれよりも、指を挿れられたことの方が衝撃《しょうげき》だった。

「ちが……っ……あ」

緒方の指が、俺のガマン汁をすくって穴にぬりつける。ぬるぬるした感覚が気持ち悪くて、首を振《ふ》った。

「う、ぁ……アッ」

先程よりも深くずぶり、と入ってきた指に驚いて目を白黒させる。そっち側に回ったことなんてなかったから、そんな場所に誰《だれ》かの指を受け入れるなんて初めてだ。

「あっ……あっ……いっ」

思わず緒方の肩に爪《つめ》を立てる。

指を挿れられるのが痛くて「はずしてください」と蚊《か》の鳴くような声で言った。

「教えてくれるんでしょう?」

いつもと同じようで、違《ちが》う。緒方の硬《かた》い声が怖《こわ》くなる。やっぱりいきなり舐《な》めたから怒ってるのだと思って、身を硬くすると二本目の指が挿れられる。穴の周りの皮膚が引きつるのが分かった。切れてしまいそうだ。

逃れようとするのに、相変わらず緒方の体はびくともしない。

「うっ、ぇ」

怖くなって思わず泣き出す。

「ひっ……」

無理矢理《むりやり》指でこじ開けられたあとに、緒方の大きなペニスで引き裂《さ》くように犯《おか》されるのだと想像したら、体が震える。

「佐伯さん？」

泣き声に気付いた緒方が俺の中から指を抜《ぬ》く。

「嫌《いや》ですか？」

緒方の声の調子が元の穏《おだ》やかなものに戻《もど》って安心する。ほっとしたら、余計に涙《なみだ》が出てくる。

嫌じゃないけど、怖い。

そんな本音を掠れた声で口にすると、緒方は驚く。

「慣れてるんじゃないんですか？」

そう聞かれて首を振る。挿れるのは慣れてる。けれど挿れられたことはない。

「後ろ、したこと、ない」

そう答えると緒方は驚いていた顔を崩《くず》して、ふわりと優《やさ》しく笑いながら俺の頬《ほお》にある涙をぺろりと舐めた。

「そうだったんですか、それは……怖い思いをさせてすみませんでした」

「俺が……するから、俺のが緒方さんより慣れてるから」

奪《うば》われた主導権を取り返したくて、いまだに腰に回されている腕から逃れようとしたが、さらに強く引き寄せられる。

「さっきも言いましたけど、私は榛原さんに抱かれたいわけじゃないんです。それにきっと榛原さんも初めてでしょう？　丁度良いから佐伯さんがどうすれば痛くないか、体で教えてください」

緒方はそう言うと、再びぬめりを絡《から》めた長い指を俺の中にゆっくりと埋《うず》めた。

――榛原の代わりにされるのか。

自分から緒方が榛原を抱くときのために教えてやると言った。けれど緒方の口からはっきり練習台だと言われると、ひどく空《むな》しい気分になる。

「んっ」

だけど拒絶《きよぜつ》するために開いた唇《くちびる》は、緒方の唇に塞《ふさ》がれる。

「こうすれば痛くないですか？」

ゆるゆると縁《ふち》を辿《たど》る指。慣れさせるように内壁《ないへき》を擦《こす》っていく。もう片方の手が萎《な》えかけたペニスに触《ふ》れる。

恥ずかしいのか、悔《くや》しいのか、戸惑《とまど》っているのか自分でも分からないまま、緒方の質問に頷く。

ろくな抵抗《ていこう》もできずに、ピストンされて、いつの間にか痛みを忘れた。中に入った指が曲げ

られたり、奥の方を突《つ》いたりするから、おかしな感じがした。それでも声は出したくなくて、耐《た》えるように唇を噛《か》んでいたが、腹の方を突かれて思わず嬌声《きょうせい》が漏《も》れてしまう。

「っぁ…やっ」

緒方の指が前立腺《ぜんりつせん》の辺りを捕《と》らえて、他《ほか》とは違う感触《かんしょく》を確かめるように弄《いじ》ったのだ。

「なっ……んで？　あっ…ァっ、なんで？」

体を走り抜けた強い快感に、背中が反る。

「何がですか？」

俺とは対照的に、ひどく冷静な声だった。

「ンッ…あっ、そこ……だめ、です」

「ここ？」

「っく」

指で擦られてびくびくと震《ふる》える。足の先まで引きつった。

「な、で…知って…んの？」

前立腺を弄るとイイなんて、そんなことを緒方が知っているのは意外だ。ゲイじゃなくても、そこを使う連中はいる。けれどそれはアブノーマルなプレイの一つで、緒方みたいなタイプがそんなことをしているとは思えなかった。

「や、や…っ」

触られると変な感じだ。ペニスの奥が疼《うず》いて仕方がない。壊《こわ》れたように溢《あふ》れるガマン汁《じる》が、フローリングの上を汚《よご》す。

「はっ……あっ」

震えるペニスが緒方の手の中で愛撫《あいぶ》される。

両方同時に触られて、どちらが良いのか分からなくなる。

「ひっ…ァあっ……いく、俺、も、いくっ」

緒方の着ているシャツを引っ張った。

いくいく、と口走りながら腰《こし》を揺《ゆ》らして、俺は緒方のシャツを精液で汚した。


緒方とまた会うのは恥《は》ずかしくて死にそうだと思った。

リードするつもりが、リードされて、気がつけばいつの間にか緒方の腕《うで》の中で喘《あえ》いでいた。

緒方は俺を無理やり抱いたりせずに、射精した後は解放してくれたから、俺は逃《に》げるように部屋に戻って、シャワーを浴びて眠《ねむ》った。翌朝は自己嫌悪《けんお》でしばらくベッドを出る気にはならなかった。

ベッドの中で泣かしたことは何度もあるが、泣かされたことは一度も無かった。あの夜から三日が過ぎたが、未《いま》だにあの日のことを考えるだけで耳まで赤くなる。

家にいると壁《かべ》の向こうにいる人の事を考えておかしくなりそうだったから、仕事から帰ってくると着替《きが》えて外に出かけた。居酒屋で何杯《なんばい》か飲んだのに酔《よ》えずに、結局小一時間ほどで店を出る。

その帰り道でコンビニの袋《ふくろ》を持ったスーツ姿の緒方と偶然鉢合《ぐうぜんはちあ》わせた。

普段《ふだん》なら嬉《うれ》しいが、あんな事があった後だとこの偶然が恨《うら》めしい。

目があった以上何か言わなければならないのに、言葉が出てこない。顔が勝手に赤くなる。

「酔ってるんですか？　顔が赤いですよ」

緒方はまったくいつもと変わらない。俺の頬に手を伸《の》ばして、すっと撫《な》でていく。

俺は過剰《かじょう》なくらい反応して、余計に恥ずかしくなる。

別々に帰る理由もなく、マンションまでの道を俺と緒方は並んで歩いた。

緒方は表面上はいつもと変わらないが、教えてやると言っておきながら、結局緒方の指に翻《ほん》弄《ろう》された俺のことをどう思っているのだろうか。

あの日の自分は最悪に格好悪かった。

そんなことを考えていると緒方が「綺麗《きれい》ですね」と言った。

ふいに顔を上げると、緒方が空を見ていた。

「月が綺麗ですね」

冷え冷えとした黒い冬の空に、やけに明るい月が白く光っていた。月には暈《かさ》がかかっている。淡《あわ》い光彩《こうさい》が月を中心に円を描《えが》いていた。暈がかかっているから、明日は雨だろうか。鋭《するど》く冷えた寒さがほてった頬や耳に心地《ここち》よい。息を吐《は》き出すと、すぐに白く曇《くも》って消えた。

「明日は雨が降るかもしれませんね」

緒方も俺と同じ事を考えていたらしい。

交差点にさしかかったところで、月の光にきらきらと輝《かがや》く道路を見て「あれはなんで光ってるんですか？」と緒方が俺に尋《たず》ねる。

「ガラスが入ってるんです。廃棄《はいき》されるガラスを再利用して作られてるんですよ。注意を喚起《かんき》するための工夫《くふう》のひとつです」

俺の答えに緒方は感心したように、きらめく道路を見つめる。

「じゃあ歩道でたまに見かける柔《やわ》らかいアスファルトには何が入っているんですか？」

「あれはゴムチップとかかな。廃棄されたタイヤを細かくしたやつで出来てるんです」

「そうなんですか」

そんな風に緒方と話しているうちにマンションに着く。

何もなかった頃《ころ》のように会話できていることに安心した。

「じゃあ、おやすみなさい」

そう言って、部屋に入ろうとすると緒方に腕を摑《つか》まれた。思わずびくりと体が警戒《けいかい》する。

「何……？」

振《ふ》り向くと緒方はいつもの穏やかな笑《え》みを浮《う》かべていた。何も怖《こわ》いことはないはずなのに、背中がぞわぞわする。蛇《へび》に睨《にら》まれた蛙《かえる》の気分だ。本能的に逃げたいと思った。

「良かったら、うちで飲み直しませんか？」

緒方の顔が近づいてくる。それだけで、頬《ほお》にまた血が上る。

「あ……」

にっこりと微笑《ほほえ》まれると、抵抗できなくなる。

「ね？」

頷《うなず》いてもいないのに緒方の家に引っ張り込まれた。

だけど、入るまでは強引《ごういん》だったのに、家に入ってからは緒方はいつもと同じだった。酒とつまみを用意して、晩酌《ばんしゃく》が始まる。

さっきまでの強引さが嘘《うそ》のように穏《おだ》やかな顔で、にこにこしながら俺の話を聞いている。

そんな緒方に、だんだんと緊張《きんちょう》がほぐれてくる。ただ晩酌相手が欲しかっただけなのかもしれないと、自分の過剰な反応を恥ずかしく思う。

会話の話題が途切《とぎ》れて、そろそろ帰ろうかと立ち上がりかけた時、緒方に腕を摑まれた。

「まだいいでしょう？」

穏やかに笑っているのに、有無《うむ》を言わせぬ雰囲気《ふんいき》で緒方の手が頬をすべる。

「今日も、いろいろ教えてください」

そう言って、緒方がメガネを外す。

「緒方さん」

名前を呼んだのを合図にして、緒方の唇《くちびる》が俺のそれを塞いだ。

「ん……ぁ」

逃げようとする舌を捕《と》らえられ、吸われる。

抵抗《ていこう》しようとする手を封《ふう》じ込めるように、手が繋《つな》がれる。

「ん、ん」

これじゃまた、前回と同じだ。

そう思うのに、酸欠気味の頭は上手《うま》く動いてはくれなかった。

「はっ……」

ようやく唇を解放された時、口の端《はし》から唾液《だえき》が零《こぼ》れる。それを緒方の指が拭《ぬぐ》い取る。そのまま口の端にキスされて、繋がれていた手が解かれて、服の中に入ってくる。

「っ」

このまま流されたくなくて、「俺が……抱《だ》く」と言った。

「今日は俺が見本で、緒方さんのこと……抱くから」

そう言ってる最中も、緒方の手が体を暴《あば》いていく。シャツを脱《ぬ》がされ、シャツの下に着ていたロンTも脱がされる。緒方の服も脱がそうとしたら、ボタンにかけた手を取られて、そのまま手の甲《こう》にキスを落とされた。

気障《きざ》な仕草だと思った。だけど、頬が熱くなった。そのまま指先までキスされる。

「指、荒《あ》れてますね」

仕事上仕方ないことだ。この季節は特に肌荒《はだあ》れが酷《ひど》くなる。会社から支給されたハンドクリームはあるが、べたべたするのが嫌《きら》いで使っていない。皮膚《ひふ》ががさがさになった指は、触《さわ》っていて気持ちのいいものではない。

だけど緒方はそんな俺の指に頬ずりをした。

「緒方、さん……？」

「佐伯さんは、若いのにがんばってますよね」

俺の荒れた手を見て緒方がそう言う。それを聞いて、思わず視線を逸《そ》らした。

褒《ほ》められるのは苦手だ。慣れてないから居心地《いごこち》が悪い。

「そんなこと、ないですよ。普通《ふつう》です」

「そうでしょうか」

緒方は俺のジーンズに手を掛《か》ける。下着と一緒《いっしょ》にそれが脱がされて、半勃《はんだ》ちになったペニスが緒方の目の前に晒《さら》される。

「あ」

緒方の手が柔らかくサオを包み込む。

「俺が、抱くから」

緒方がちゃんと聞いていたのか分からなかったので、もう一度繰《く》り返した。

「佐伯さんが？」

俺はその言葉に頷く。

緒方は口元に僅《わず》かに笑みを浮かべ、長い指で円を描くようにぐりぐりと先端《せんたん》を刺激《しげき》する。

「くぅっ……ン」

「俺は佐伯さんに抱かれたいとは思えません」

佐伯はにべもなくそう言ってから、俺の尻《しり》を掌《てのひら》でさすった。

「佐伯さんを見てると、年甲斐《としがい》もなく興奮してしまいますけどね」

また奥に触《ふ》れられそうになって、逃《のが》れようとした。

そのときに足がテーブルにぶつかり、ガタンと音を立てて青い切り子のグラスが落ちる。

幸いにも割れずに、スタンドの部分を軸《じく》に転がっていく。中に入っていた酒が、フローリングの上に零れた。

「勿体《もったい》ないですね」

高い酒だと言っていた。緒方の言葉を聞いて申し訳なくなる。

「あ、ごめんなさ……」

「責めていませんよ」

緒方は零れた酒を指で辿《たど》ると、背後から俺を抱きしめた。

逃《に》げる間もなく、濡《ぬ》れた指が穴の中に入り込んでくる。

「あ、んっ、熱…い」

最初は冷たいと感じた。

けれどすぐに痛みに似た刺激を感じて、次いで穴の中が熱くなる。

「うぁっ……、何っ」

急速に熱く熟《う》れた場所で指が折り曲げられると、体が跳《は》ねる。

緒方は指を引き抜《ぬ》くと、再び床《ゆか》に零れた酒で濡らして中に挿《い》れ、擦《す》り込むように指を動かす。

何度かそれを繰り返されると、体の奥でじゅくじゅくと熱を孕《はら》んだ痛みを感じた。

「ああ、ちょっとでこんなに熱くなるんですね」

熱くて苦しい。じんと疼《うず》くように奥がうねる。

「な、か……変、おがたさん」

助けを求めるように名前を呼ぶと、頭を撫《な》でられて項《うなじ》にキスされた。

そう言えば昔、穴から酒を入れて急性アルコール中毒で死んだ男の話を聞いたことがある。

思い出したら怖くなって、震《ふる》えながら緒方の腕《うで》に抱きつく。

「や、だ……、怖い」

素直《すなお》にそう口にすると、今まで放《ほう》っておかれたペニスに緒方の手が伸《の》びる。

「大丈夫《だいじょうぶ》ですよ、ちょっとだけですから」

小さな子供を慰《なぐさ》めるように、緒方が笑いながら俺の額に音を立てて口付けた。

「や……」

俺の欲望が緒方の手の中で擦《こす》りあげられる。エラの張った部分を執拗《しつよう》に指で弄《いじ》られて、透明《とうめい》なガマン汁《じる》が、とろとろと溢《あふ》れて緒方の手を濡らす。

「かわいい」

いつの間にか涙《なみだ》で潤《うる》んだ目で緒方を振《ふ》り返ると、緒方は熱っぽい目で俺を見ていた。

「佐伯さんはすごくかわいい」

その言葉がアルコールよりもなによりも体を熱くさせて、俺は結局汚名《おめい》を上塗《うわぬ》りするはめになった。


高橋と連絡《れんらく》が取れたのは金曜の早朝だった。

午前三時過ぎにかかってきたその電話に睡眠《すいみん》を邪魔《じゃま》され、寝《ね》ぼけながらベッドから手を伸ばして携帯《けいたい》を掴《つか》む。今日の現場に関して緊急《きんきゅう》の連絡かもしれないと予想しながら電話に出る。

「はい」

何か幸せな夢を見ていたが、目覚めた途端《とたん》忘れてしまった。寝直したらまた見られるだろうかと、残念に思いながら向こうの反応を待つ。

何もしゃべらない電話主に、いたずらかと電話を切ろうとした。

『敬介か？』

掠《かす》れて疲《つか》れたような声に聞き覚えはなかった。携帯電話のディスプレイを見たが、見知らぬ数字が並んでいるだけだ。

「はい。そうですけど……」

仕事関係という可能性もまだ捨てきれないが、その可能性は薄《うす》い。仕事関係の人間は俺を下の名前で呼び捨てにしたりしない。

『俺だ。高橋だ』

「ああ、お前か。なんか声、変わったな」

三年前の声はもう少し潑剌《はつらつ》としていた。今の高橋の声は老《ふ》けている。同じ年とは思えない。

『お袋《ふくろ》から聞いたんだ。お前から連絡が入ってるってな』

「そういえばお前があんまり電話してこないって、おばさん寂《さび》しがってたよ」

『こんな息子《むすこ》じゃ連絡しない方がいいだろう』

「確かに酷いガキだったもんな、お互《たが》い」

高橋の硬質《こうしつ》な雰囲気《ふんいき》が少しゆらいだ。何かを警戒《けいかい》するような雰囲気を終わらせるかのように、電話の向こうで高橋が長い息を吐《は》くのが聞こえた。

『お前、俺が今何やってるか知ってるんだろう？』

「一応噂《うわさ》ではな。本当なのか？」

ヤクザになった、という話は聞いていた。高校を中退し、その後組に入ったというのは、今も地元に住んでいるうちの親が教えてくれた。

『まぁな。お前は？』

「道路造ってるよ。あと二時間したら起きなきゃならない」

『そりゃ、悪かったな』

高橋は含《ふく》み笑いで楽しそうに言った。高橋らしいな、と思う。

『それで？　用はなんだったんだ？』

「ああ、どうしてるかと思って」

『なんだ、それ』

「飲みに誘《さそ》おうと思ったんだよ。お互い、もう堂々と外で飲める年だからな」

高橋と連《つる》んでいたのは中学時代までだ。高校から地元を離《はな》れた高橋とは、会う機会がなくなった。何度か街中ですれ違《ちが》った時もあったが、そのときはお互い別の連れがいたり、用事があったりで話す機会が無かった。

『いいぜ。今度そっちに用事があるから、そのついでに飲もう。それにしても、やけに唐突《とうとつ》だな』

「ああ、なんか榛原がお前に会いたいって言ってるんだよ」

『榛原……？』

再びどこか張りつめた声になった高橋に戸惑《とまど》いを覚えながら「覚えてないか？」と尋《たず》ねる。

「中学の時にいただろ？　そういえば、お前ら同じ高校じゃなかったか？」

高橋はしばらく黙《だま》り込んでいた。

しゃべっていないと瞼《まぶた》が重くなってくる。

うっつらうっつらと船をこいで、いつの間にかまた枕《まくら》に突《つ》っ伏《ぷ》していた。

『お前、榛原とまだ連んでるのか？』

「ん？　ああ、そう……あいつ、今うちで働いてるんだよ」

頭を振って眠気《ねむけ》を追い払《はら》おうとしたが、うまくいかない。目元をこする。

かけ直して欲しいと言おうか迷いながら、必死に目を開けようとした。

『お前のところで？　いつから？』

「んー……一ヶ月ぐらいかな。バイトなんだけどさ、偶然《ぐうぜん》だったからお互い驚《おどろ》いたよ」

高橋はまた黙り込む。もしかしたらこいつも眠《ねむ》いのかもしれない。

「あいつもお前に会いたいって言ってるんだよ」

『敬介』

「ん……？」

『俺はお前のことを今でも親友だと思ってる』

「……なんだよ、いきなり」

気恥《きは》ずかしくなったが、俺だって未《いま》だに高橋のことは親友のように思っている。やばいことも何度か経験したが、高橋は一度も俺を裏切らなかったし、俺も一度も高橋を裏切らなかった。

一人で逃《に》げるぐらいなら、二人仲良く警察に捕《つか》まった。といっても、あのころの俺たちの悪さなんて、悪戯《いたずら》の延長みたいなものだ。それで悪ぶっていたのだから、可愛《かわい》いものだ。

『お前も俺のことをそう思うなら、言うことを聞け。榛原とはつきあうな。あいつはまずい』

「……どういうことだ？」

『いいから、言うとおりにしろ』

高橋は俺にそう言った後で、電話の向こうで別の人間に向かって何か話していた。

高橋の背後がうるさくなったのを聞いていると『また連絡する』と言われ、通話が切られる。

俺はようやく眠れると思いながら、再び夢に落ちる僅《わず》かな時間に高橋の言った言葉の意味を考えたが、うまく纏《まと》まらないまま眠ってしまった。

それから二時間あまりの睡眠の中に、先ほどの幸福な夢の続きは見つからなかった。

「結論は最初に書いたほうがいいですよ」

夕食の片づけが終わった後、俺の小論文を見ながら緒方はそう言った。

それからいつものように赤ペンで漢字の添削《てんさく》を入れていく。赤く染まっていく原稿《げんこう》用紙を見ながら「俺頭悪いから」と言い訳のように口にする。

緒方の時間を割《さ》いて教えてもらっているのに、全然上達しない自分が嫌《いや》になってくる。

そろそろ緒方も俺の勉強の面倒《めんどう》を引き受けたことを後悔《こうかい》しているんじゃないかと、その顔を窺《うかが》う。しかし緒方の表情から、そんな感情を読みとることはできない。

最近の時事問題に対してその是非《ぜひ》を問う課題は俺にとっては難しすぎる。とりあえず、政治問題が出たら終わりだな、と思いながら緒方の家の新聞を開く。

せめて新聞の見出しだけはチェックした方がいい、という緒方のアドバイスに大人しく従いながら、一面を読んだ。

緒方がペンを走らせる音が聞こえる。顔を上げると、メガネを掛《か》けて真面目《まじめ》な顔で原稿用紙と向き合う緒方が目に入った。仕事場でもそうなのだろうか。

「緒方さん」

声をかけると、緒方がこちらを振り返る。

「やっぱり……なんでもない」

職場のことを聞こうとしてやめた。

弟の事と同様で、仕事の話を緒方はしたがらない。守秘義務が厳しいと前に言っていた。

他人のことを詮索《せんさく》するようなマネは好きじゃないが、緒方のこととなると色々気になってしまう。それは俺が緒方のことを何も知らないからで、同時に知りたいと思うからだ。

「疲れましたか？」

「そういうわけじゃないんですけど」

「休憩《きゅうけい》にしましょうか」

緒方はメガネをはずしてテーブルに置く。キッチンに向かう後ろ姿を見ながら、どうして緒方は俺の面倒を見るんだろうと、何度も考えた答えの出ない疑問が頭を掠める。

——榛原のことがあるからか？

だけどそれだけじゃ見返りが少ない気がした。それに、榛原の事がある前から色々と面倒を見てくれた。理由を都合よく解釈《かいしゃく》してしまいそうだ。

少しぐらいは俺に気があるんじゃないかと、そんな勘違《かんちが》いをしそうになる。

緒方は緑茶を淹《い》れて戻《もど》って来た。テーブルの上に和菓子《わがし》とお茶が置かれる。

「これ、可愛いですね」

桜の花が載《の》っている白い和菓子を手に取った。

「貰《もら》いものなんです」

中は白い餡《あん》が入っているので甘いが、表面は塩気が利《き》いている。二口で食べてから、視線を感じて顔を上げると緒方と目があった。

「甘いものがお好きなんですか？」

緒方がくすりと笑う。

「あんまり、自分じゃ買わないけど……」

濃《こ》いお茶を飲んでいると、俺の前に緒方の分が置かれた。

「私のもどうぞ。実は和菓子はあんまり好きじゃないんです」

緒方はそう言ってお茶に口を付ける。その顔を無意識にずっと見つめていた。

「どうかしましたか？」

視線に気付いた緒方が問い返してくる。

「メガネ、外しても支障なさそうなのにどうして掛けてるのかと思って」

「視力自体は悪くないんですが、乱視なんです。対象がぶれると狙《ねら》いにくいですから」

狙うって何を？

「どうしてそんなこと聞くんですか？」

「メガネ外した方が格好良《い》い」

そう言った俺を、驚いたような眼差《まなざ》しで緒方が見る。自分が言った事に気付いて、一瞬《いっしゅん》で頬《ほお》に血が上る。酔《よ》ってもいないのに、何を言っているんだと恥《は》ずかしくなった。

「なんでもない」

思わず本音が出てしまい、すぐに後悔する。

「それは、ありがとうございます」

楽しそうに笑った緒方に、自分の気持ちなんて筒抜《つつぬ》けなんじゃないだろうかと、疑心暗鬼《ぎしんあんき》になりながら俯《うつむ》く。

「そういえば、榛原さんは……その後どうですか？」

「ああ、あいつは……相変わらずだよ」

そう答えてから、今朝高橋に起こされたことを思い出す。

愚痴《ぐち》混じりにその話をすると、緒方は俄《にわ》かに顔色を変えた。

「関西の方にいる高橋って言いましたか？」

「そう。今まで何度も話に出てきた中学時代の知り合い」

別の男の名前ぐらいで、目くじらを立てることはないだろうと思いながらも、緒方を安心させるために「榛原とはただの友達です」と説明する。

「今はちょっと、危ないこともしてるみたいだけど……良い奴《やつ》だよ」

「危ないこと？」

「ああ、まぁ……よく知らないんですけど」

「危ないことってなんですか？」

問いつめるような緒方の視線に、正直に言ったら退《ひ》くだろうなと思いながらも、ほかに良い言葉が思いつかない。嘘《うそ》を吐《つ》くのも、誤魔化《ごまか》すのも緒方相手にはしたくなかった。

「ヤクザ……っつうか」

「ヤクザ？」

緒方は聞き慣れない言葉を聞いた、というように俺を見る。

「でも良い奴なんですよ」

「そうだけど……ヤクザなんでしょう？」

「そうだけど……あいつは良い奴なんです」

緒方は「仲がよかったのは、あなた方三人だけですか？」とおかしな質問をする。

「どういう意味ですか？」

「榛原さんと佐伯さんの共通の知り合いはその高橋さんだけですか？」

「他《ほか》にも何人かいるけど、仲が良かったのは高橋だろうな」

榛原は嫌《きら》われていた訳じゃないが、好かれてもいなかった。中学のとき、榛原は最初は他の連中と連《つる》んでいたのだ。だけど仲間を裏切ったか何かで爪弾《つまはじ》きにされて、それで俺たちのところに来た。俺は邪険《じゃけん》にはしなかったが、温かく迎《むか》えたわけでもない。

ただ無視する理由もないから話をして、追い払《はら》う理由もないから一緒《いっしょ》にいた。

険しい顔の緒方を和《なご》ませるように「仲がいいって言っても、そういう意味じゃないけど……」と続ける。

「そういう意味……？」

問い返されて、なんて返したらいいのか分からなくなる。

「だから、ただのダチって意味。榛原とはただの友達だから」

緒方を安心させるように、先程《さきほど》も言った言葉をもう一度繰《く》り返す。

榛原も高橋も、どちらも男同士でする趣味《しゅみ》はない。だから緒方の嫉妬《しっと》は的はずれだ。

「ああ、そう……ですね。そうでした」

緒方とはたまにこんな風に話がかみ合わない。

訝《いぶか》しく思っていると、不意に新聞を持っていた手に緒方の手が重なる。

驚《おどろ》いて顔を上げると、緒方がすぐ側《そば》にいた。

「っ」

びくりと、猫《ねこ》のように体が跳《は》ねた。

「緒方さんて、いつも気配ないよな」

緒方はにっこりと笑って「よく言われます」と言い、顔を近づけてくる。

思わず逃《に》げ腰《ごし》になって、顔を逸《そ》らすと壁《かべ》にぶつかる。

「佐伯さん」

近づきすぎた距離《きょり》に戸惑《とまど》って、思わず俯く。

「また……練習してもいいですか？」

「わっ」

緒方の指が、首筋を撫《な》でる。触《ふ》れるか触れないかの微妙《びみょう》な感触《かんしょく》に、目眩《めまい》に似た欲情が沸《わ》き上がった。

「な、なんでいきなり」

さっきまで小論文を教えて貰っていた。それから高橋のことを愚痴った。

何でいきなり緒方がその気になったのか分からないが、緒方の熱を孕《はら》んだ雰囲気《ふんいき》に中《あ》てられて、背中がぞくぞくする。

「嫌《いや》ですか？」

「嫌じゃ、ないですけど……」

嫌じゃないけど怖《こわ》い。自分の信じていたものが崩《くず》れていくような、自分が作り替《か》えられていくような、おかしな気分になる。

たかがセックス一つで何を大げさな、と自分でも思うが、それでも怖いのは事実だった。

目の前の男が、俺の知っている緒方瑞希じゃなくなる。

こういうときの緒方はまるで別人のような顔をする。

「なら、逃げないで」

「ふっ……あ」

唇《くちびる》を塞《ふさ》がれ、肩《かた》を抱《だ》かれる。

緒方の肩を押しやる、僅《わず》かな抵抗《ていこう》を許さないように、緒方の手が腰《こし》に回る。

「んん…ン」

舌を愛撫《あいぶ》され、上顎《うわあご》を舐《な》められる。

くすぐったい感覚に、拒《こば》むように舌で邪魔《じゃま》すると、宥《なだ》めるように再び舌が絡《から》められた。

「ん」

息を継《つ》ぐように唇を離《はな》すと、髪《かみ》にキスされる。緒方の手が下に穿《は》いている黒のジャージに触れる。中心を服の上から、揉《も》むように触れられて顎を引いた。

「緒方、さん」

性急な手つきだったらまだ恥ずかしさも半減しただろうが、緒方はゆっくりと俺を追い上げる。擦《こす》るように緒方の長くて綺麗《きれい》な指先がタマを弄《いじ》る。

触れられたところに熱が籠《こ》もり、段々と重くなっていくのが分かった。

「う…」

甘えるような声が出るのが嫌で、歯を食いしばって唇を閉じる。

顔を逸らして、出来るだけされていることを見ないようにした。

「脱《ぬ》がして良いですか？」

その声を聞いて、自分のモノが硬《かた》くなっていくのが分かる。

頷《うなず》くのが恥ずかしくて黙《だま》ったままでいると、緒方が返事を促《うなが》すように勃《た》ってきた先端《せんたん》を指で掻《か》く。

「んっ」

びくん、と足が震《ふる》える。

「敬介」

耳元で名前を呼ばれる。こういうときに、呼び方を普段《ふだん》と変えるのは俺もよくやる手だ。口説くときにもよく使う。

だけど自分が好きな男にそれをされると、頭では常套《じょうとう》手段だと思いながらも感じてしまう。

体が敏感《びんかん》に緒方の息づかいも仕草もすべて拾い上げる。

「イイ、よ」

余裕ぶった声を出そうとした。だけどうまく行かなかった。

下着ごと脱がされて、むき出しの尻《しり》に固いクッションの生地《きじ》が当たる。

「するなら……ベッドが、いいんだけど」

自分にすらぼそぼそと聞こえづらい声で言った。

緒方は俺の服をすべて脱がせた後で、立ち上がる。

「シャワー浴びて来ますから、ベッドに入っててください」

俺は頷いて、そのままバスルームの方に消える緒方を見送った。ベッドに潜《もぐ》り込んでから、むき出しの肌《はだ》に当たる布団《ふとん》の感覚に恥《は》ずかしさを覚える。ベッドで男を待つ行為《こうい》が、これほど居た堪《たま》れないものだとは思わなかった。

どんな顔をして迎えればいいんだ、と過去に相手してきた連中のことを考える。手本にしようと思ったが、どれも自分には似合わない気がした。

わざとらしく布団を被《かぶ》って、相手がそれを剝《は》ぐのを待つようなあざとい真似《まね》は出来ない。かといって体を起こしているのも、待ちかまえているようで嫌だ。そうなるとどうしていいのか分からない。

「反対なら楽なのにな」

反対だったら、バスルームから帰ってくる相手をどんなふうに待ちかまえようかなんて考えたことはない。

先程中途半端《ちゅうとはんぱ》に煽《あお》られた場所は、まだ上を向いたままで、布団にこすれないように両膝《りょうひざ》を立てて壁に寄りかかる。

そんな風にベッドに座りながら、煽ってからバスルームに行った緒方を恨《うら》む。

膝の上で組んだ腕《うで》に顔を埋《うず》めながら、セックスがこんなに恥ずかしいものだとは知らなかったと、裏切られた気分でそう思う。

ガチャリ、とドアが開いてバスルームから緒方が姿を現す。緒方の体を見ただけで赤面して、再び腕の中に顔を埋める。

「敬介」

そんな反応を笑うように、優《やさ》しい声で緒方が俺を呼ぶ。

顔を上げると視線がぶつかって、その瞬間《しゅんかん》欲情した。

「あ……」

キスされると、緒方の髪が頬《ほお》に当たった。

足を覆《おお》っていた布団が剝がされて、むき出しの太股《ふともも》を緒方の手がさする。固い筋肉の上を掌《てのひら》が滑《すべ》っていく。

「濡《ぬ》れてる」

緒方の視線が先走りの滲《にじ》んだ亀頭《きとう》に向かう。

開いた穴から漏《も》れる、色の薄《うす》いガマン汁《じる》を緒方が指の腹で拭《ぬぐ》う。

「ふ……ぁっ」

「他《ほか》の人を相手にするとき、佐伯さんはこっちを使うんですよね?」

こっち、と緒方が指の腹で円を描《えが》くように先端を弄る。ぬち、と濡れた音が聞こえた。

「っ…はっ…ァ」

緒方の濡れた指が尻に伸《の》ばされる。窪《くぼ》みに指が当てられて、擽《くすぐ》るように指がゆっくりと動く。

その動きを意識しすぎておかしくなりそうだった。肉の間に潜り込んだ指が、入り口を慣らすように曲げられる。

「ひっ…ぅ、あ、アッ」

高い声が漏れる。自分から出ているのが不思議なくらい、甘ったるくて媚《こ》びてるみたいで恥ずかしくなる。図体《ずうたい》のでかい自分が、そんな声を出しても気味が悪いだけだと分かっているのに止まらない。

「こんなに感じやすくてかわいいのに、どうして後ろを使わなかったんですか？」

緒方の声が低くなる。緒方も俺に欲情しているんだろうかと考えたら、余計に体が痺《しび》れる。

「……はっ、あ…っ」

相変わらず異物感は拭えなくて抵抗を感じるのに、奥の方が刺激《しげき》を欲しがる。もっと深く挿《い》れて欲しいと思ってしまう。

「緒方さん、っ」

いつもは性欲なんて欠片《かけら》もないような穏《おだ》やかな顔をしている緒方が、濡れた目をして俺を見る。

ぞくぞくする。その目に誘《さそ》われてキスをした。

「俺、いつもはこんな……ふうじゃない」

かわいい、なんて言うのは俺の役目だった。相手を赤面させたり、中を解《ほぐ》すのも。同性に突《つ》き刺《さ》して、喘《あえ》がして「もっと」と強請《ねだ》らせるのが好きだった。

征服《せいふく》するのが楽しくて堪らなかった。

なのに緒方には逆になる。考えてみれば俺は夢で緒方を抱《だ》くところを見なかった。想像してもうまくいかなかった。

もしかしたら、最初から俺は緒方に抱かれることを望んでいたのだろうか。

「ふっ……ァ、く」

指が増やされて、内側ばかりを意識してしまう。狭《せま》い場所をゆっくりとこじ開けるように、緒方が何度も指を挿入《そうにゅう》する。

緩《ゆる》く掻くように曲げられた指が、むずがゆい快感を覚え始めた場所を擦る。

「あっ、あっ」

ぬち、ぬち、と濡れた音が聞こえて、耳から犯《おか》されていく気がした。

「じゃあ、こんな風になるのは私の前だけですか？」

頷いた途端《とたん》、緒方の指が胸を弄った。硬くなっていたその場所を摘《つま》まれると、反射的に内側を締《し》め付けてしまう。

「…ン…あっ」

緒方が俺の薄く開いた唇《くちびる》を舐めた。

抱き寄せられて、俺のよりも硬くて熱い緒方のペニスが擦りつけられる。ガマン汁で濡れた俺のモノと合わさって、ぐちゅぐちゅとやらしい音が聞こえた。

「ひっ…あっ」

逃《に》げる素振《そぶ》りを見せると腰《こし》を抱《かか》えられて、より強く擦《こす》られる。

「やっ」

尻の中に入ったままの指が、また増えた気がした。

「ひっ……ん、ンっ…っ」

乳首《ちくび》をしゃぶられて、尻を弄《いじ》られて、ペニスは緒方のモノで擦られる。

逃げられないように腰を抱えられたまま、俺は丸めた背中が壁《かべ》に擦《す》れるのを耐《た》えながら、緒方の肩《かた》にいつの間にか立てていた爪《つめ》を引っ込める。首筋にしがみつくように腕を伸ばすと、緒方が「イク顔見せてください」と、とんでもないことを口にする。

「何、や……っ」

腕をほどかれて、両手を摑《つか》まれてそのまま壁に押しつけられる。

射貫《いぬ》くような鋭《するど》い視線に、体が赤く染まった。そんな目で食い入るように見られて、視線を逸《そ》らそうとすると、許さないというように手が頰に伸びる。再び緒方の方を向かされて、もう片方の緒方の手が俺のペニスに伸びた。

「あ、あっ、んッ」

緒方に見つめられたままはち切れそうな欲望を扱《しご》かれて、俺はあっけなく射精する。だらしなく飛んだ精液が、自分の腹にかかる。

ぱっくりと口を開けた尿道《にょうどう》から、白濁《はくだく》した精液がじわりじわりと染《し》み出してくる。

まだ硬《かた》く張りつめた緒方のペニスが俺の腹に当たる。その熱さに反応して、体の奥が疼《うず》いた。

「こっち、挿《い》れさせてください」

緒方はそう言って、俺の尻《しり》に濡れた指を宛《あて》がう。先程《さきほど》まで中を弄っていたのに、焦《じ》らすように外の皮膚《ひふ》をゆるゆると擦る。

「ふっ…あっ」

中に欲しいと思う気持ちも確かにあった。だけどそれよりも恐怖《きょうふ》が勝《まさ》る。そんなものを自分の中に挿れてしまえば、元《もと》に戻れなくなる気がした。

「嫌《いや》…だ……」

作り替《か》えられてしまいそうで怖《こわ》い。

「どうして？」

正直に言いたくなくて口を噤《つぐ》む。

この間、アルコールでしめった指を挿れられ、怖いと泣いた事は未《いま》だに自己嫌悪《けんお》している。

「やっぱり……抱かれるのは、嫌だ」

優しい緒方なら、本気で嫌《や》がれば止めてくれるだろうと思っていた。

けれど、緒方の指は挿れやすいようにその場所を広げた。

「んっ」

慌《あわ》ててその肩を本気で押しやるが、びくともしない。力には自信があったが、緒方には敵《かな》いそうになかった。

「俺……嫌だって……」

「佐伯さん」

場にそぐわないような優しい声に、止めてくれるのだろうかと、希望を持って緒方を見上げる。

「暴れると酷《ひど》くしてしまうかもしれません。なにぶん、初めてなので」

緒方はそんな風に言ってにっこりと微笑《ほほえ》んだ。

「っ」

裏切られた気持ちでいると、熱い塊《かたまり》が肉を分けて体の中に入ってきた。

「うっ……アッ」

伸び上がるように背中を反らせると、腰を摑んで引き戻された。体が強張《こわば》ると、宥《なだ》めるように体を撫《な》でられる。

もがくように背中をひっかくと、少し入った緒方のペニスが抜かれた。

ほっとして息をつくと、じわりと目尻《めじり》に涙《なみだ》が滲む。

しかし緒方は俺の拒絶《きょぜつ》を受け入れたわけではなく、俺の体をひっくり返して背後から俺の腰をすくいあげた。

「後ろからしたほうがいいんでしたよね？」

冷静な声がそう尋《たず》ねてくる。だけど返事も出来ずに再び宛がわれた熱に息を呑《の》む。入ってきた亀頭《きとう》が狭い場所をこじ開けていく。

「ひっ……ぁあ、痛い」

慣らされたとはいえ、そんな場所で男を受け入れるのは初めてで、目の前がちかちかする。シーツを掻《か》いて、腰を摑む腕《うで》からどうにか逃げようとした。けれどそれを戒《いまし》めるように、緒方の腕に力がこもる。

もう抗《あらが》えない、全部受け入れさせられるのだと、その腕の強さに教えられる。

「あ、あ……ぁあああっ」

めりめりと奥の方まで入ってくる緒方の熱が怖くて、体が震《ふる》える。強張る体を解すように、緒方が優《やさ》しく俺の背中に口づける。

「ふっ……ぃっ」

「全部入りましたよ」

背後から緒方が感嘆《かんたん》したような声音《こわね》で言う。腹の中が苦しくて、何も言えない。

仮に言えたとしても、何を言えば良《い》いのか分からない。

「敬介」

「え…？」

今更《いまさら》気遣《きづか》うようにゆっくりと髪《かみ》が撫でられる。

「まだ痛いですか？」

領《うなず》くと、宥めるように太股《ふともも》に緒方の手が這《は》う。その手は腰を辿《たど》って、ゆっくりと胸元《むなもと》まで伸《の》ばされる。そのまま硬くしこった乳首を指の間に挟《はさ》まれて弄られる。

「んっぁ」

むず痒《がゆ》い快感に腰が揺《ゆ》れて、思わず中に入っている緒方のペニスを意識するはめになった。

「あっ」

いつも指で弄られる場所に太い部分が当たる。

「はっ……ぁア……あっ、あ、や」

勝手に腰がゆらめいて、腹の方に緒方の熱を擦りつけてしまう。

「あっ、や……ぅ」

緒方はいきなり俺の片腕《かたうで》を摑むと、強くそこに向かって腰を打ち付けてきた。

体を反るようにしたせいで、より強く前立腺《ぜんりつせん》にぶつかる。

「ひっ、アッ、あぁっ、はっ」

すべての感覚が痛みと快感の狭間《はざま》に引きずり落とされていく。

「あっ、あっ……んぁっ」

開いた口から、勝手に声が漏《も》れる。息を吐《は》き出してるだけなのに、高い音が混じる。

耳にうるさい喘《あえ》ぎ声に、自分がどうにかなってしまった気がした。

口の端《はし》から唾液《だえき》がこぼれ、それがシーツにしみて頬《ほお》を濡《ぬ》らす。

「っ……くぅん」

背後から打ち付けられる腰に、時々体が浮《う》くような感じがする。激しく内側を突《つ》かれて、痛みが遠ざかったり近づいたりを繰《く》り返す。こじ開けられて、受け入れた場所は熱を持ったように痛むのに、その熱は同時に快感も孕《はら》んでいる。

「緒方さん、緒方さ……んっ」

自分の内側に、ごりごりと緒方の欲望がぶつかる。

「あ、ァあっ…、俺、俺……っ」

何が言いたいのか、自分でもよく分からない。

だけど体の中を狂《くる》いそうに暴れている熱をどうにかして欲しい。伝え方が分からずに、シーツをひっかく。

「も、嫌だ……、これ……や」

もどかしい。気持ちよくなりたい。頭が破裂《はれつ》しそうだ。熱くて、どうにかして欲しい。

「敬介」

不似合いな程優しい声で緒方が俺を呼ぶ。首をねじって振《ふ》り返ると、キスをされた。

離《はな》れそうになる唇《くちびる》を追いかけると、首が痛くなった。

それでも、不自然な体勢でキスを続ける。

「ふっ…あっ、あっ」

体を捻《ひね》ると中の角度が変わる。新しい痛みが生まれて、同時にまた僅《わず》かな快感が広がる。それを追いかけるように、目を閉じる。

「こっち……触《さわ》ってあげますから、嫌だなんて言わないでください」

緒方の手が、今まで放《ほう》っておかれていたペニスに伸びる。

「ひっ…や、や……っ」

いきなり襲《おそ》った強い快感に体が跳《は》ねる。尻だけでは得られなかったその直接的な快感に、触《ふ》れられた瞬間《しゅんかん》耐えきれずに射精した。

「あぁああっ」

びくびくと震えながらシーツの上に顔を付けると、濡れた音を立ててペニスが抜《ぬ》き取られる。

「うっ…あ」

快感の余韻《よいん》が指先にまで残り、指先が小さくびくびくと震える。

うつぶせになった体を背後からゆっくりと抱《だ》きしめられる。頭を撫でられて頬にキスをされる。甘やかすようなそれに、身を預けていると、尻にまだ硬いままの緒方のモノが触れた。

ぎくりと体が強張る。

「もう少し、つきあってください」

ね？　と笑うように告げられる。

体の震えが少し治まるのを待って、まだ過敏《かびん》な部分を手で扱《しご》かれながら、再び中を何度も突き上げられた。もう触られたくなくて腰《こし》を振ると、そのままズンと奥まで突き上げられる。

「あっ、ひっ、」

苦しい。気持ちいい。おかしくなる。助けて。

「さわら、な…で」

「どうして？」

声に艶《つや》やかな欲情を含《ふく》みながらも緒方は冷静だ。

「変に、なるから………も、怖《こわ》い」

泣きながら首を振る。体の中の一番深い場所に凶器《きょうき》のように硬《かた》い熱を突きつけられて、敏感《びんかん》なペニスを弄《いじ》られる。過ぎた快感に対処が出来ずに恐《おそ》ろしくなった。

「怖くないですよ」

優しい声で緒方が耳元で囁《ささや》く。甘い声にむずかるように「こわい」と返す。

宥めるように頭を撫でられ、抱きしめられる。

「あっ…ァ…あっ」

次第《しだい》に泣いてるのか喘いでいるのか自分でも分からなくなる。

「良《い》いですか？」

苛《さいな》む手から解放されたくて何度も頷く。

「いい……いいっ、も、許してくださ……」

これ以上触れられていたら、本当におかしくなる。

「敬介」

びくびく、と中の緒方が震えた気がした。そのまま体の中で熱い飛沫《ひまつ》が弾《はじ》ける。

「や……」

体の中に出された、と気づいた瞬間《しゅんかん》に緒方の手の中で三回目の絶頂を迎《むか》えた。

「あ――……」

力が抜けきった俺の体を、背後から緒方が抱きしめる。頬にキスをされ、髪をかき上げて耳にも唇が落とされた。首や頬に優しく労《いたわ》るようなキスを繰り返される。

俺はそのまま緒方の腕の中で意識を失うように、目を閉じた。


「焦《あせ》らないで良い。……ああ、接触《せっしょく》は？」

人の話し声に目を開けると、壁《かべ》にかけられている時計が目に入った。

午前十時を指している。平日よりは寝《ね》てるはずなのに、どうも眠気《ねむけ》が拭《ぬぐ》えない。体もやけに疲《つか》れている。

「……そうだな。……例の店は？……そうか、なら良い。そのまま続けろ。ああ……」

声の方に視線を向けると、キッチンのところで緒方が携帯《けいたい》を片手に誰《だれ》かと話していた。聞き慣れない口調だ。仕事の時は普段《ふだん》と違《ちが》って、威圧《いあつ》的にしゃべるんだろうか。

緒方をぼんやりと見ていたら、昨日のことを思い出す。

そういえば、俺……抱かれたのか。

今更《いまさら》ながらその事実に顔が赤くなる。自分で服を着た記憶《きおく》もないのに、俺は薄手《うすで》のトレーナーを着ていて、恐らく緒方が着せてくれたのだと思うとやたらと恥《は》ずかしい。

熱に浮かされるように、何か余計なことをたくさん口にした気がするが、行為《こうい》自体に夢中だったので何をしゃべったのか覚えていない。

――つうか、緒方さんってえろい。

緒方は俺の視線に気づくと、小さく微笑《ほほえ》んでから携帯に向かって何か呟《つぶや》き、通話を切った。

気を遣《つか》わせてしまったようだ。

「大丈夫《だいじょうぶ》ですか？　無理してすみません」

緒方はかがみ込んで俺の顔を覗《のぞ》くと、昨日のえろさなんてみじんも感じさせないような爽《さわ》やかな笑顔《えがお》でそう口にする。

「……はぁ、まぁ」

恥ずかしくて、俺はまともに緒方の顔が見られなかった。

「男は……初めてだって言ってましたよね？」

話が違《ちが》う、とばかりに悔《くや》し紛《まぎ》れに言った。

「ええ、そうですけど？」

緒方が不思議そうに聞き返す。

その割りには癖《くせ》になりそうなほど良かったとは言えずに、俺は黙《だま》り込むしかない。

「すみません、ちょっと仕事で外に出ないといけないんです。佐伯さんは、動けるようになるまで寝ていて構いませんから」

緒方はそう言って再びキッチンに戻《もど》ると、サンドイッチとコーヒーを持って戻ってきた。それがローテーブルの上に置かれる。

「仕事？」

公務員が仕事に行くには遅《おそ》い時間だ。

「ええ、問題が起きまして……。本当にすみません」

緒方は申し訳なさそうに言ってから、クローゼットからネクタイとジャケットを取り出す。慣れた手つきで緒方がネクタイを結ぶのを見ていると、目があった。

ジャケットを羽織った緒方が近づいてきて、俺の頬を大きな手でするりと撫《な》でる。

「佐伯さん、本当に大丈夫ですか？」

気遣《きづか》うような声音《こわね》に頷《うなず》くと「何かあったら、私の携帯に連絡《れんらく》入れてください」と言って緒方は部屋を出ていった。

外からガチャリと鍵《かぎ》が掛《か》けられる音を聞いて、安堵《あんど》のような吐息《といき》が漏《も》れた。

顔はきっと、緒方に分かるほど赤くなっていただろう。するりと頰《ほお》を撫でられた感覚を思い出して、ばれたかもしれないと思った。

緒方を好きだというのが、ばれたかもしれない。

それは俺にとって嬉《うれ》しくない事態だ。自分に対して情を抱《いだ》いている相手を練習台に出来るほど、緒方はひどい男ではない。いや、ばれてなかったとしても、もう練習相手は必要ない。

もう男の抱《だ》き方は分かっただろう。

「あの人そういう才能あるよ」

初めて男を抱く緒方に、俺はさんざんよがらされて、喘《あえ》がされた。まだ、中に何か入っているような違和感《いわかん》を覚えるほど、体に刻みつけられた。

あんな清潔そうな顔をして、想像以上に上手《うま》かった。今までは自分のことを上手いほうだと思っていたけど、気づけばいつも緒方のペースに巻き込まれてる。

しかもそれが嫌《いや》じゃない。誰かに抱かれる自分なんてこれまで想像も出来なかったのに。

「俺、全然抵抗《ていこう》してないし……」

前もって「抱く」と言われたらもっと抵抗したかもしれないが、雰囲気《ふんいき》に流されるまま挿《い》れられてしまった。

「でも……いいな」

辛《つら》い体を起こして、ベッドに腰掛《こしか》けたままでローテーブルの上のコーヒーを手に取る。一口飲むと、勝手に舌がメーカーを判断した。料理や酒にはこだわるのに、コーヒーにはこだわらないんだろうかと、あまり好きではない風味を飲み干す。

今度は俺がコーヒーを淹《い》れようと思いながら、その今度があるのかどうか不安になる。

「欲しいな、あの人」

手作りのサンドイッチはやけにおいしそうで、食べるのが少し勿体《もったい》なくなった。

緒方はどうすれば俺を好きになるんだろうか。

緒方の部屋で、緒方のベッドに座ってそんなことを思う。

皿の横に置かれた合い鍵を見つめながら、これを貰《もら》える関係になりたいと願うのは、分不相応なことなんだろうかと、そんなことばかりを考えていた。


仕事の休憩《きゅうけい》時間になって現場近くの弁当屋で昼食を買い、公園のベンチで食べようとしたとき、不意に榛原の声が聞こえた。

「だから、金なら用意するって言ってんだろ。サエコさえどうにかすりゃなんとかなるんだよ。……しつけーんだよ、店には顔だせねぇって言ってんだろうが……はめられたんだ」

剣呑《けんのん》な口調で苛立《いらだ》ちを隠《かく》そうともしない榛原は、ガンッと近くにあったゴミ箱を蹴《け》り上げる。

「逃《に》げねぇよ」

舌打ち混じりにそう言って、携帯の通話を切った。

俺は榛原の隣《となり》のベンチに座る。今の会話を聞かなかった振《ふ》りをして、ペットボトルに口をつけてから、弁当を開いた。

榛原は俺の動向を窺《うかが》うように視線をよこしたが、俺は素知らぬ振りで弁当のなかの唐揚《からあ》げをつまむ。

「ケースケさん」

声を掛けられて振り返ると、苛ついた顔の榛原が「高橋さんと連絡って、まだ取れないんスか」と聞いてきた。

「取れたよ」

そう答えると、榛原の顔が輝《かがや》く。

「いつ？」

「先週の金曜の朝だな」

「それで、高橋さん……いつ会えるって言ってました？」

高橋は榛原と関《かか》わるなと言っていた。先程《さきほど》の電話も金の話だったようだ。もしかしたらサラ金にでも手を出しているのかもしれない。それで高橋はあんなことを言ったのだろうか。

あの口調からすると、高橋は榛原と会う気はないようだが、それを榛原に言うのは気が引けた。

「また連絡するって言ってたな」

榛原はがっかり、というよりは怒《おこ》った顔で「なんスか、それ。話つけてくれるんじゃなかったんスか」と俺に向かって凄《すご》む。

「番号教えろよ。俺が連絡とるから」

榛原はそう言って俺の胸倉《むなぐら》を摑《つか》んだ。

まさかそんなことをされるとは思わずに、俺は榛原を睨《にら》み返す。

「榛原」

名前を呼ぶと榛原は一瞬怯《いっしゅんひる》んだが、それでもその頰に酷薄《こくはく》な笑みを浮《う》かべて「いつまでもガキの頃《ころ》と同じだと思うなよ」と口にした。それから俺に向かって殴《なぐ》りかかってくる。

一体どうして俺が榛原に殴られるのか分からなかった。拳《こぶし》は弾《はじ》いたが、そのせいで膝《ひざ》の上に載《の》せていた弁当が土の上に落ちる。

楽しみにしていた肉団子が土にまみれるのを見て、思い切り榛原の腹を殴った。

俺にもたれかかるように倒《たお》れてきた体を突《つ》き飛ばすと、榛原はそのまま土の上に転がった。

遠くの方にいた主婦連中が子供の手を引いて、公園から出ていくのが見える。

「ってぇ……」

土の上で仰向《あおむ》けになって呻《うめ》いている榛原に「何考えてんだよ、お前」と声を掛ける。

榛原は俺を見ると怒りを無理矢理《むりやり》飲み込むような、ぎこちない顔でへらりと笑った。

「すいません、今……俺やばいんですよ。高橋さんに、会わせてくださいよ。頼《たの》みますよ」

榛原はともすれば噛《か》みついて来そうな視線で俺を見た。

「それは……俺じゃなくて高橋が決めることだろ」

俺の返答を聞いて、榛原は腹をかばって立ち上がると、突き飛ばされた時に落ちた携帯《けいたい》を拾って、無言で俺に背を向けた。去り際《ぎわ》に見せた視線は、ひどく憎々《にくにく》しげに歪《ゆが》められていて、余計に意味が分からなくなる。

「あーあ……」

ダメになった弁当の容器を拾って横のゴミ箱に捨てる。今からまた買いに行くのは面倒《めんどう》だったが、腹に何か入れないと五時まで持ちそうにない。

コンビニにでも行こうかと思って振り返ると、そこに交通整備のおじさんが立っていた。ジャンパーを着てコンビニ袋《ぶくろ》を下げている。

「良かったら、食べますか？」

「いや、悪いですから」

「いいんですよ。どうぞ」

そう言っておじさんは俺の手におにぎりを二つ握《にぎ》らせる。

「いいんですか？」

「ええ。どうぞ、どうぞ」

袋の中にはおにぎりがたくさん入っていた。一人でその量を食べるのかと思ったら、視線に気づいたおじさんは「夜食分も一緒《いっしょ》に買ったんです」と説明した。

「払《はら》いますよ」

「いえいえ、いいんですよ」

おじさんはそういって手を振ると、菓子《かし》パンを齧《かじ》る。

「慣れましたか？」

バイトの大学生に怒られていたことを思い出してそう尋《たず》ねた。

「なんとなくコツはつかめました。それより、榛原さんと何かあったんですか？」

どこから見られていたのか知らないが、おじさんは心配そうに聞いてきた。

「さぁ、虫の居所でも悪かったんですかね」

俺も気になったが、理由が分からない。キレやすい奴《やつ》だから何か嫌なことでもあって、その苛立ちを俺にぶつけたのだろうと結論付けようとしたが、しっくり来ない。

高橋の中途半端《ちゅうとはんぱ》な電話も気になった。

「私の娘《むすめ》と同じ名前なんですよね」

　ぽつりとおじさんが呟《つぶや》く。

「え？」

　意味が分からずに振り返ると、おじさんは頭を掻《か》いた。

「いやね、よく榛原さんが電話に向かって言っているんですよ、サエコ、サエコって。恋人《こいびと》の名前なんですかね？　ふられでもして苛立っているのかも知れませんね」

「そういえば、さっきもサエコがどうのって言ってましたね」

　俺は聞こえてしまった会話を思い出す。

「偶然《ぐうぜん》ですね」

　おじさんの娘と榛原の言っていた名前の女性が同一人物のわけがない。

　だからそう言って、俺はおにぎりを齧った。

　昼食を食べ終わってベンチから立ちあがると、穏《おだ》やかな目でおじさんが俺を見上げる。

「佐伯さんは、誰《だれ》でも受け入れるんですね」

「なんのことですか？」

「誰に対しても優《やさ》しい。榛原さんみたいな人に対しても、佐伯さんはとてもいい人だ」

　俺は肩《かた》をすくめる。そんな聖人君子みたいに思われても困る。緒方ならいざしらず、俺はそうでもない。実際いい人もなにも、榛原を殴り倒した姿をおじさんにはみられているはずだ。

「佐伯さん、これは年長者としての意見ですが……つきあう相手は選んだ方がいい」

おじさんはそう言うと立ちあがって、一足先に現場に向かっていった。

俺は土にまみれた肉団子を見ながら、がりがりと頭を掻いて午後の仕事がはじまるぎりぎりまで公園で榛原のことを考えていた。


「榛原さんが辞《や》めた？」

驚《おどろ》いたように緒方が聞き返す。

俺は相変わらず緒方の家でいつものようにベッドを背にして、新聞を読みながら「そう」と頷《うなず》く。

緒方は俺の小論文を読んでいた手を止めて「いつですか？」と尋ねてくる。

「今日。無断で休んだからクビ。今まで何度か遅刻《ちこく》したりしてるから、社長が怒って。でも連絡付かないから、案外辞めたくて無断欠勤したのかもしれないですね」

緒方は俺の言葉を聞いて、眉根《まゆね》を寄せる。

「何かあったんですか？　榛原さんと佐伯さんの間に、なにかあったんでしょう？」

そう聞かれて、俺は言葉に詰《つ》まる。あのときのことを緒方に話すのは、告げ口をするようで嫌《いや》だった。

「大したこと無いですよ」

そう言ってまた新聞に視線を戻《もど》すと、持っていた新聞が奪《うば》われる。

「緒方さん？」

「大事なことなんです」

榛原が絡《から》むと、緒方はいつも変だ。この間も、榛原と高橋のことを執拗《しつよう》に聞いてきた。

好きな相手のことなのだから、そうなるのは当然かも知れない。

「……殴った」

真剣《しんけん》な緒方に負けて、仕方なく白状する。

「ケンカしたんですよ。それが……三日前の話です」

あの日、榛原は午後の仕事に顔を見せなかった。俺が昼休みにもめたと話すと、現場監督《かんとく》は俺を責める代わりに、居もしない榛原に悪態を吐《つ》いて事務所に電話を掛《か》けた。

「どうして殴ったんですか？」

緒方の好きな相手を殴ったと告白するのは嫌な気分だった。

「殴られそうになったから」

「どうして？」

俺は「知りません」と言う。

「高橋との約束を俺が上手《うま》く取り付けられなかったからですかね」

「榛原さんは何か言ってましたか?」

「何か?」

「たとえば、他《ほか》の人に頼むとか……、どこかへ行くとか」

「何も聞いてないですよ。榛原はやけに焦《あせ》ってましたけど」

じゃなかったら榛原はしつこく俺に聞いたりしないだろう。

「その日以来、榛原さんからは連絡《れんらく》がないんですか?」

そう尋ねられて頷くと、緒方は「急用が出来ました」と言った。

「え?」

「すみません」

緒方はいつもの穏やかな笑顔《えがお》を浮《う》かべずにそう言うと、クローゼットの中のジャケットを羽織って、合い鍵《かぎ》をテーブルの上に置くと慌《あわ》ただしく玄関《げんかん》に向かう。その最中に携帯で誰かに連絡をとっていた。

「佐伯さん、榛原さんから連絡があったら知らせてください」

緒方はそう言い捨てると、俺の返答も聞かずに部屋を出ていった。

振《ふ》り返らなかった後ろ姿を見ながら「なんだよ」と呟く。

緒方は榛原を追いかけるために出ていったのだろうか。

どうやって？　俺ですら榛原がどこに住んでいるのかも知らないのに？

「急用ってなんだよ」

携帯《けいたい》電話を片手に焦っていた緒方は、いつもの穏やかな緒方じゃなかった。

「ああいう顔もするのか」

ピンと張りつめた真剣な顔を思い出す。

結局日付が変わるまで緒方の部屋で待ってみたが、帰ってくる気配はなかった。

翌日の朝になっても緒方は帰ってこなかったので、こんなに長い時間ずっと榛原を探しているのかと思ったらじくりと胸が痛んだ。


休日の午後、俺の部屋を訪《おとず》れた緒方はいつもと違《ちが》っていた。

「あれから帰ってなかったみたいだけど、仕事忙《いそが》しかったんですか？」

緒方は俺の質問には答えずに「榛原から連絡はありましたか？」と口にする。

「ないけど……？　緒方さん榛原のことになると最近おかしいよ？」

また榛原のことかと、少しうんざりした。

「話があります」

緒方はそう言って「入っても良《い》いですか？」と俺に尋《たず》ねた。

特別断る理由もないので「散らかってるけど」と前置きしてから部屋に招き入れる。

「何か飲む？」

緒方は「話を先にさせてください」と有無《うむ》を言わさぬ硬《かた》い雰囲気《ふんいき》で言った。

俺は落ち着かない気分で、ラグの上に座る。緒方も向かいに座った。

緒方が笑みを浮かべずにスーツを着ていると、仕事の出来るエリートに見える。きっちりと喉元《のどもと》まで締《し》めた紺色《こんいろ》のネクタイに、改めて緒方がホワイトカラーなんだと実感する。

「それで、なんの話？」

緒方は持っていたバッグから茶封筒《ちゃぶうとう》を取り出す。中には写真が入っていた。

何十枚もある写真がテーブルの上に広げられる。

「これ……」

中には俺が写っている写真もあった。ホウキを持った榛原の横で、ユンボの前に俺が屈《かが》み込んで作業をしている。別の写真では俺と榛原が二人揃《そろ》って定食屋に入る様が撮《と》られていた。

一人で街中を歩く榛原。店に入る榛原。見知らぬ連中と親しげに話している榛原。

どれもこれも榛原の写真ばかりだった。

「いくら好きだって言っても、これはやりすぎなんじゃない？」

俺がそう批判すると、緒方は中の一枚を俺の前に置く。

一見どこにでもいそうな赤ん坊《ぼう》を連れた若い女性に、榛原が建物の陰《かげ》で何かを渡《わた》している様が写っている。写真の女には見覚えがなかった。

「サエコです」

それを聞いて榛原が言っていたその名前を思い出す。

「この人が？」

緒方は俺の質問に首を振る。

「どこの国の売人も、何年経《た》っても似たようなことをする。尤《もっと》も、女性の名前をヤクに付けるやり口は、古典的と言わざるをえませんが」

緒方は真剣な目をして言った。

――売人？

「緒方さん、何言って……」

「私が勤めているのは警視庁の組織犯罪対策第四課です」

「……警察？」

驚きすぎてろくな反応を返せない俺をよそに、緒方は話を進める。

「あなたの友人はある殺人事件の重要参考人です」

「友人って、榛原のことですか？」

「ええ」

俺は緒方の話を整理できずに頭を振る。榛原が殺人事件に関《かか》わっているなんて、現実味が湧《わ》かないが、それ以上に緒方が刑事《けいじ》だということのほうが意外だ。

「被害者《ひがいしゃ》はヤクの常習者で関東に強い地盤《じばん》を築いている千曲会《ちくま》の組員です。死因はヤクによる中毒死ですが、何者かによって投与《とうよ》された可能性が高い。この件に深く関わっていると思われるのが榛原です。榛原はヤクの売人で、その上にいるのは千曲の対立組織である海老殻組《えびがら》です」

俺は俯《うつむ》いたまま、緒方の話を聞いていた。聞いていたが、内容がまったく頭に入ってこない。

「榛原は海老殻組に借金がありますが、現在は組から逃走《とうそう》中です。けれど逃走する前に、千曲会から大量のヤクを盗《ぬす》んでいます。そのため現在は二つの組織が榛原を追ってます。海老殻組と、ヤクを盗まれた千曲会です」

俺の頭は緒方の口から語られる話とは全く別の事を考えていた。

おかしいと思っていたんだ。緒方みたいな人間が、榛原を好きになるなんて。

緒方が榛原を好きだと言ったのは情報を得るための嘘《うそ》だったのか？

俺に近づいたのは榛原とグルだと疑っていたからなのか？

だとしたら、どうして緒方は俺を抱《だ》いた？

「我々は榛原を糸口に千曲にも海老殻にも手を入れたいと考えています。そのために榛原を泳がせているのですが、泳がせすぎると連中に榛原が見つかり、消されてしまうかも知れない」

緒方は淡々《たんたん》と語る。目の前にいるのはいつもの緒方なのに、とてもそうは思えなかった。見かけだけ残して中身は別人に変わってしまったかのようだった。その顔に人の良さそうな笑みはない。前に座っているのは緒方瑞希ではなく一人の刑事だった。

「榛原は私の知り合いの捜査員《そうさ》に、昔のダチにツテがあると話していました」

「それが……俺だと思った？」

「はい。我々は当初、あなたも売人だと思っていました。だけど不思議でした。何故《なぜ》、切羽詰《せっぱつ》まっているはずの榛原が、工事現場であなたと一緒《いっしょ》に働いているのかは理解できなかった」

俺を売人だと思っていたなら、確かにその困惑《こんわく》も頷《うなず》ける。ヤクの売人が仲良く土を掘《ほ》っているなんておかしい。

昼は土木作業員で夜は売人なんて、そんな二重生活を送っている奴《やつ》はいるんだろうか。

「あなたと榛原の共通の友人である高橋は、国光《くにみつ》組の人間ですね。海老殻組や千曲会とは関係ない組織だ。関東では力は弱いが、関西では大量のヤクを捌《さば》ける力を持っている」

だから、榛原は高橋に連絡を取りたがったのか。偶然《ぐうぜん》を装って俺と同じ職場に勤めて、高橋の居場所を聞き出そうとしたんだろう。

普通《ふつう》に近寄っただけでは、俺が高橋の居場所を教えないと分かっていたのか。

俺は前髪《まえがみ》をぐしゃりと摑《つか》んだ。高橋はこのことを知っていたから榛原はまずいと俺に警告したのだろうか。ならもっと詳《くわ》しく教えてくれれば良かったのに。

けれどいくら高橋だって、隣《となり》に住んでいる人の良さそうな男が潜入捜査官《せんにゅうそうさ》だということまでは知らなかっただろうが。

「榛原が仕事を辞《や》めたと言うから、ヤクの渡りが付いたのかと思いましたが、そういう情報はない。相変わらず千曲会と海老殻組は榛原を追ってる。高橋は東京に来ていますが、榛原と取り引きをした様子はない。だとしたら、やはり彼が頼《たよ》るのはあなたです。あなたが鍵《かぎ》になる」

緒方は俺の顔を窺《うかが》った。自分の話がどこまで信用されているか、探《さぐ》るような視線に俺は乾《かわ》いた笑《え》みを返す。

何を言ったらいいのか分からなかった。詰《なじ》る言葉しか浮《う》かんでこない。

気の済むまで目の前の顔を殴《なぐ》ったら、少しはましになるだろうかと考えたが、それすらも億劫《おっくう》に思えた。

「それで……なんで俺にその秘密を打ち明けたんですか？　俺の疑いは晴れたの？」

「テストをさせていただきました。もっとも、私はもうずっと前からあなたを疑っていない。榛原は何も知らないあなたをパイプにして、高橋に厄介《やっかい》なブツを売りつけようとした。それが真相でしょう」

「それが分かってるなら、俺じゃなくて榛原を見張ったらどうだ？　隣に引っ越《こ》して、友人面《づら》すればいい」

「榛原にも見張りをつけていました。けれど、残念なことに勘《かん》づかれて逃《に》げられました」

俺はまだテーブルの上に残る写真を眺《なが》めた。

取引現場らしきものもあれば、重要とは思えないような普通の写真も交じっている。

「テストって何だよ」

緒方は答えなかった。俺は過去にした緒方との会話を思い出そうとしたが、すぐに諦《あきら》める。

一緒に居たとき、緒方が考えていたのは俺が容疑者か否《いな》かということだったのか。

榛原と緒方の関係に心を痛めていた自分が馬鹿《ばか》みたいだ。

「恐《おそ》らくもう一度榛原はあなたに接触《せっしょく》するでしょう。榛原の行方《ゆくえ》は私たちも追っていますが、榛原は潜《もぐ》るのがうまくて捕《つか》まえるのが難しい。しかし、あなたの呼びかけになら応《こた》えるはずです。榛原はあなたにまで警察のマークが付いているとは知らない」

緒方の言葉に俺は頷かないまま、じっと目の前の男を見つめる。涙《なみだ》が出ないのが不思議なくらい悲しかった。

「俺を抱いたのは、俺をあんたの手先にするためか？　それともそれもテストだったのか？」

苛立《いらだ》ちがそのまま声に表れる。腹立たしくて、わめき散らしたい衝動《しょうどう》に駆《か》られる。

「最近の警察は捜査のためなら男も抱くのか」

緒方は何か言いかけて、そのまま口を閉《と》ざす。

何か言えよと怒鳴《どな》る代わりに、俺は緒方に手を伸《の》ばした。

「携帯《けいたい》かせよ」

緒方は素直《すなお》に携帯を差し出す。俺はアドレス帳から自分の番号を削除《さくじょ》した。こんなことしても着信履歴《りれき》には残るが、これは一種のデモンストレーションだ。

もう電話を掛《か》けてくるな、という意思表示だ。俺は携帯を緒方に返すと、自分の携帯のアドレスからも緒方の名前を消す。もう電話を掛けないという決意を込めて、二つ折りの携帯電話を閉じる。

「高橋を餌《えさ》に榛原を呼び出せばいいんだろ？　でもあんたとはこれ以上一緒にいたくない。他《ほか》の警官を寄越《よこ》してくれ。あんたの顔はもう見たくないし、声も聞きたくない」

緒方が傷ついたような顔をする。さんざん人を騙《だま》していたくせに図々《ずうずう》しい。

「その条件じゃなきゃ、協力しない」

緒方は携帯を開くとその場でどこかに電話した。

しばらくして出た電話の相手に、命令口調で状況《じょうきょう》を告げる。通話を終えると、緒方はテーブルの上に出した写真を元通り封筒《ふうとう》に入れてバッグに仕舞《しま》う。

「もうすぐ部下が迎《むか》えに来ます。部下が迎えに来たら安全な場所に移動して頂き、そこで捜査員の指示に従って榛原に電話を掛けてください。協力して頂けますか？」

俺は緒方を見もせずに「分かった」と答える。俺は怒《いか》りを抑《おさ》えるので精一杯《せいいっぱい》だった。

「よろしくお願いします」

緒方は頭を下げて出ていった。謝罪も弁解も一つもなかった。

一人きりになった部屋で、今聞いた話を反芻《はんすう》する。二度と会いたくないと言った。

だけど本当に二度と会えなくなるのならせめて、緒方瑞希という名前が本名なのかどうかだけでも知りたくて、居ても立ってもいられずに部屋を飛び出す。

緒方は俺を利用したと言った。

榛原が高橋をおびき寄せるために近づいたように、緒方は榛原に近づくために俺に近づいた。

『あなたも売人だと思っていました』

ドラッグの売人だと疑われていたというのは衝撃《しょうげき》的だ。

怒りがだんだん退《ひ》いていき、その代わりに悲しみが増す。

これが彼の仕事なんだろう。親切にしてくれたのも、抱いたのも全部そのためだ。

「名前も、偽名《ぎめい》なのか？」

結局緒方は見つからず、俺は聞けなかった疑問を呟《つぶや》く。もしそうなら、俺は彼のことを何一つ知らない。榛原を好きだという気持ちも嘘《うそ》で、俺の夢を応援《おうえん》すると言ってくれたのも嘘。

つまり俺は〝緒方瑞希〟という存在しない人間を好きになったことになる。

「最悪だ。本当に……」

それでもまだ、好きだと思う。嘘しか知らないのに嫌《きら》いだと思えない。

優《やさ》しく髪《かみ》を撫《な》でる手も、俺の下手な小論文を読む真剣《しんけん》な眼差《まなざ》しも、俺のことを「かわいい」と笑った顔も全部覚えてるのに、嫌いになれるわけがない。

俺は嘘で良かったんだ。嘘だと知りたくなかった。疑惑《ぎわく》が晴れて、利用価値もなくなった俺を、そのまま捨てていってくれたらそれで良かった。

何も言わずに、あの部屋から出て行ってくれたら良かった。

それをこんな風に中途半端《ちゅうとはんぱ》に真実を晒《さら》すから、俺だってどうしたらいいのか分からなくなる。

「ひどい奴……」

ぼんやりとしていたら、いつの間にか駅の方まで来ていた。

緒方を捜《さが》すのを諦めて家路を辿《たど》りながら、見上げた月が綺麗《きれい》だと思う。

いつか帰り道で緒方と一緒に見た月のことを思い出す。暈《かさ》がかかっているから、雨になるかもしれないと緒方は言った。

今の月は暈も雲もなく、丸くぽっかりと浮かんでいる。

明日は晴れるだろうか、そんな事を考えていると誰《だれ》かに名前を呼ばれた気がした。

「ケースケさん」

振《ふ》り返る前に、背後から近づいてきたその人物が背中にぶつかる。

「無視すんなよ」

抱《だ》きつくような形で背中に張り付いた男の声には、聞き覚えがあった。

「榛原?」

名前を呼んだ途端《とたん》に、背中がチクリとした。

鋭《するど》い刃物《はもの》の先端《せんたん》がシャツを破って皮膚《ひふ》に刺《さ》さるのが分かる。

「高橋を呼べよ。じゃないと、もっと深く突《つ》き刺すぜ」

ぐり、とナイフが傾《かたむ》いた瞬間《しゅんかん》に痛みが増す。

「掛けろよ」

榛原は俺のジーンズの尻《しり》ポケットに入っていた携帯を引き抜《ぬ》いて顔の横に差し出す。それを手にして、俺はため息を吐《つ》く。緒方の忠告を無視して外に出たからといってこの仕打ちは酷《ひど》い。

「無断欠勤の件、みんな怒ってたぞ」

先輩《せんぱい》達は榛原のことを「尻《けつ》わり野郎《やろう》」と渾名《あだな》していた。

「無駄口叩《むだぐちたた》くんじゃねぇよ」

シャツが自分の血で濡《ぬ》れたのが分かる。少ししか刺さっていないだろうが、皮膚を切り裂《さ》けば当然血が出る。このシャツは気に入っていたんだと悪態を吐こうとしてやめた。

恐らく俺が呼べば高橋は来るだろう。俺は一番最近の着信にリダイアルをする。

ディスプレイには番号しか表示されない。名前を削除したんだから当然だ。

コール三回を待たずに電話が繋《つな》がると『はい』と緒方の声が聞こえた。

もう二度と電話をしないと決めた相手に、一時間と経《た》たず電話していることがおかしかったが、この状況じゃ笑えない。

「俺だけど……高橋か」

電話の向こうが沈黙《ちんもく》する。やはり緒方は頭がいい。

「榛原に脅《おど》されてるんだ。俺のためを思うなら、黙《だま》って榛原の言うことを聞いてくれ」

俺はそう言って榛原に肩越《かたご》しに携帯電話を渡《わた》す。焦《あせ》っているのか、怯《おび》えているのか、震《ふる》える手つきで榛原は携帯電話をひったくるように摑《つか》んだ。

「久しぶりだな、高橋……俺だよ、榛原だ」

電話の向こうの声は聞こえなかった。

榛原は緒方と高橋の声の区別がつくだろうか。もしそうなら、このまま俺はここで刺されるんだろう。

もし俺が万が一死ぬようなことがあったら、緒方は俺を抱いたことを後悔《こうかい》するんだろうか。いや、もしかしたらもうとっくに後悔しているかもしれない。

「ああ、そうだ。よく分かってるじゃねぇか。何も損をさせようってわけじゃない。ただ、俺はビジネスがしたいだけなんだ。金と足を用意してくれりゃいい」

どうやら、榛原は緒方を高橋だと信じ込んだようだった。内心胸を撫で下ろして、榛原が緒方と金額の交渉《こうしょう》を始めたのを聞く。

「どこから出てようが、ヤクはヤクだ。現金みてぇに番号が振ってあるわけじゃねぇ。ほとぼりが冷めた頃《ころ》に売れば良い。……ああ、国光組ならそれぐらい今すぐ用意できるだろ？　ケチケチすんな。ダチだから割安にしておいてやるさ」

榛原の声も手と同様に震えていた。いくら口調で強がっても高橋を相手にするのは怖《こわ》いのだろう。

「場所？……そうだな、お前が俺に飛び降りろって言ったビルに来い。仲間は連れてくるな。サシで話をつけよう。十二時までに一人で来いよ。じゃなきゃ、飛び降りるのはケースケになるぜ？」

榛原はそう言って通話を切った。

俺はこの場で逃《に》げることも出来る。多少刺されたとしても、一対一なら榛原になんて負けない。だけどそうすれば、榛原も逃げるだろう。榛原は潜《もぐ》るのがうまくて捕《つか》まえるのが難しいと緒方が言っていた。

「で？　俺はどうすればいいんだ？」

緒方が榛原を捕まえるには、俺が榛原の言いなりになってビルまで同行する必要がある。仮に緒方が俺のおかげで手柄《てがら》を立てたとしても、緒方が俺のものにならないのは分かっている。だけど役に立てば何か少しだけ変わる気がした。後悔しないでいてくれるかもしれない。自分を騙《だま》して利用した相手に、そこまで入れ込んでいるなんて馬鹿《ばか》な話だ。

「乗れよ」

榛原は近づいてきた黒い車に乗るようにと顎《あご》で指図した。俺がドアを開けて後部座席に乗り込むと、榛原もすぐに乗り込んで来る。車はドアが閉まるのを待たずに走り出した。

「うまくいったのか？」

運転席の男がそう聞く。見覚えがある気がして、不意に緒方が言っていた「テスト」という言葉を思い出した。

「ああ」

そいつの顔をもう一度バックミラー越《ご》しに見て確証を持つ。

前に街中で緒方が足を引っかけた相手だ。あのとき睨《にら》みあげてきた男だ。

榛原の仲間ということは、こいつも売人なのだろうか。

緒方はあれで俺がこいつらと知り合いじゃないことをテストしたんだ。

「ざまぁねぇな。こんなことなら、もっと早くこうしておくんだったぜ。なぁ、ケースケ」

俯《うつむ》いて大人しくしている俺を見て榛原は調子に乗り、今度はナイフを俺の頬《ほお》に突きつける。

「どうして高橋をあぶり出すのに俺を使った？」

「あ？」

「この何年間も俺は高橋と音信不通だった。なのにどうして、俺を仲介役《ちゆうかい》に選んだ？」

ずっと疑問だったことを尋《たず》ねると榛原は「ヒッ」と喉《のど》の奥でおかしな笑い声を出す。

「だって、あいつはお前の言うことなら昔からなんでも聞いただろ」

「そんなのはお前の勘違《かんちが》いだ」

あいつが俺の言うことを何でも聞くような奴《やつ》なら、友達になったりしていない。

「それにさぁ、お前ら親友なんだろ？」

榛原はそう言って、声を引きつらせながら「カッコヨクてフェミニストでサボリ魔《ま》のサエキくんと、キレイでケンカの強いヤリチンのタカハシくんはみんなの憧《あこが》れ」と馬鹿にするような口調で言った。

「それで？　それで俺はなんだっけ？　ダサくて弱いパシリのハイバラくんだっけ？」

当てられたナイフに力がこもる。僅《わず》かに皮膚を切り裂き、血が肌《はだ》を伝う。

「仲良かったじゃん、お前らさぁ。だから……お前捕まえたら来るって思ったんだよ。絶対な」

先程《さきほど》自分が話したのが高橋だと疑いもせずに榛原は笑った。

車は繁華街《はんかがい》を抜けて行く。隣《となり》を通り過ぎていく他《ほか》の車を見ながら、もしここで車を飛び降りたらどうなるだろうと考えた。風圧で扉《とびら》はうまく開かないだろうから、おそらくまごついている内に刺されてしまう。仮にうまく外に飛び出したとしても、後続の車に轢《ひ》かれるか、このスピードでは道路に体を打ち付けて、どこかしらの骨を折るはめになる。

本気で逃げるつもりなら、多少腹を刺されるのを覚悟《かくご》して榛原を潰《つぶ》し、ナイフを奪《うば》って運転席の男を脅して車を停《と》めさせるほうが確実だ。その方法なら簡単に実行出来そうだ。

「何かしゃべれよケースケ。退屈《たいくつ》だ」

自分の優位を疑わず、榛原が命令する。機嫌《きげん》を損《そこ》ねるのは別に怖くなかった。痛いのは嫌《いや》だが、どうせ目的の場所に着くまでこいつは俺を殺さないだろう。

もっともそれは榛原がバカじゃなければの話だが。

「さっき……飛び降りるって言ってたな」

携帯《けいたい》電話に向かって榛原はそう言っていた。

「そうだぜ？　飛ぶのが怖いのか？」

にやにや笑いながら俺の反応を窺《うかが》う榛原に「高橋がお前に飛べって言ったのか？」と尋ねる。

「高校の頃に、何があったんだ？」

俺の質問に榛原は苛立《いらだ》ったように舌打ちしてから「ちょっとはさぁ、人質《ひとじち》らしくびびれよケースケ」と口にして、俺の太股《ふともも》にナイフを振《ふ》り下ろそうとして止《や》める。

どこを切りつけてやろうかと、榛原の目が俺の体を探《さぐ》っていた。しかし結局榛原は元通り首筋に刃《は》を当てて、俺の質問に抑揚《よくよう》のない声で答える。

「中学の頃と変わらねぇよ。俺は……高橋の犬だった」

榛原の言葉に俺は否定しようと口を開きかけて止める。話の腰《こし》を折りたくなかった。

確かに高橋は榛原を便利に使っていた。いわば雑用係のようにだ。だけど嫌だったら榛原は断れば良かったんだ。榛原が断ったとしても、高橋は榛原を殴《なぐ》ったりしなかっただろう。むしろ高橋は榛原を遠ざけたくていろいろと雑用を命じていた節がある。

「まぁその犬のせいで高橋はサツに捕まったんだけどよ」

高橋が少年院に入った経緯《けいい》は詳《くわ》しくは知らない。暴行罪ということは風の噂《うわさ》で聞いていたが、その件に榛原が関《かか》わっているとは思わなかった。

「高橋が少年院入ったあとは地獄《じごく》だったよ。俺がドジ踏《ふ》んだせいで高橋が捕まったって、仲間だと思ってた奴らにフクロにされた。俺はあいつらが怖くて学校行かなくなって、仲間に見つかると殴られるからこそこそ逃げ回ってた」

俺は榛原の話を聞きながら、窓の向こうに見える景色や標識を確認《かくにん》する。機会があれば、それを緒方に連絡《れんらく》しなければと思ったが、あいにく携帯は榛原に取り上げられたままだ。

目的のビルについて、高橋が来るのをどれぐらい榛原は待てるだろうか。二時間か、三時間か、どのみち遅《おそ》くなれば遅くなるほど、電話の向こうの相手に対して不信感を抱《いだ》くだろう。

本当に高橋なのか、と。

榛原が疑いを持つまでにビルの場所を知らせなければ、大人しくついてきた意味がない。

「高橋が出所したあと、二人きりで話したいって、空きビルの屋上に呼び出した。俺はそこで高橋に土下座して謝ったよ。そしたらあいつ、飛べって言ったんだ」

榛原は笑う。笑いながら「俺は土下座したまま動けなかった」と続ける。

「だってビルは三階建てだぜ？　下手したら死んじゃうよ。うまくしても骨折だ」

いかれてる、と榛原は頭を振る。

「そしたらあいつ、なんて言ったと思う？」

俺は少し考えたが、榛原は俺の答えなんて初めから待っていなかった。

「二度と面《つら》を見せるな。それが守れるなら仲間には口利《き》いておいてやる」

高橋らしいと思った。高橋は最初から榛原が飛べないことを分かっていたんだろう。だから飛べと言った。おそらく少年院の件だって、高橋は榛原のせいで捕まったとは思っていないだろう。たとえ本当に榛原のせいで捕まったとしても、暴行自体に荷担《かたん》していたなら、あいつはその罰《ばつ》を受け入れるだろう。俺の親友はそういう男だ。

「俺は結局、高橋のダチでもなんでもなかった。ただの犬だったんだよ。そうだろ？　お前にとっても、俺はダチなんかじゃなかったんだよな」

俺は頷《うなず》かなかった。否定もしないが、肯定《こうてい》もしない。

中学の時に、俺たちに敬語を使うことで先に距離《きょり》を取ったのは榛原だった。俺と高橋の側《そば》にいるために、榛原は自らその役回りを買って出たのだ。

それに俺は榛原を犬のように扱《あつか》ったことなんて、一度だってない。

内心の反論を読みとったのか、榛原は僻《ひが》むような目で俺を見た。

「お前はいいよな、ケースケ。お前は俺とは違《ちが》ってた。高橋とすら違ってた。あの頃《ころ》、俺はお前になりたくて仕方がなかったよ。ゲイだっていうのを抜《ぬ》きにすればな」

榛原はからかうように俺の太股を撫《な》でた。運転席の男が興味深そうに俺に視線を向けたが、何も言わずに榛原と逃走《とうそう》ルートの話を始めた。

車を二時間も走らせた頃、ようやく停まったのは工業団地の外れだった。そこにある見るからに寂《さび》れたビルを榛原は車の中から見る。

入り口は壊《こわ》され、窓は汚《よご》れて灰色だ。三階建てのビルには寂れた看板が立てかけられている。端《はし》が錆《さ》びてぼろぼろになったその看板の中央に〝榛原建築設計事務所〟と書かれているのが見えた。

看板に気づいた俺に、榛原が皮肉げに説明する。

「俺の親父のビルだよ。会社が倒産《とうさん》して、本人は行方《ゆくえ》不明ってやつ。今頃《いまごろ》はどこかで野垂れ死んでるか、過去を忘れて別の人生を送ってるかは知らねぇけどな」

車を降りる前に、運転席の男が体の前で合わせた俺の手首に、手錠《てじょう》代わりの粘着《ねんちゃく》テープを巻く。きつく何重にも巻かれたので、剝《は》がすのは時間がかかりそうだ。

「大人しいな、ケースケ。らしくねぇぜ？」

「こんな状況《じょうきょう》なら大人しくもなる」

「…何、考えてる？」

榛原は警戒《けいかい》するように周囲に視線を走らせたが、人影《ひとかげ》どころか物音一つしない。辺りは静まりかえっていた。ぽつりぽつりと申し訳程度にある街灯が不気味に光っているだけだ。

「……降りろ」

榛原は自分が先に車を降りてから、俺を呼ぶ。

素直《すなお》に従うと、運転をしていた男が車のトランクを開けた。

「お前はヤクを積んだら車で待機して、そこの角に隠《かく》れてろ」

「おい、そいつも車に乗せておいた方がいいんじゃねぇか？　向こうが一人で来るとは思えねぇよ。人質奪われたら終わりだろ？」

男のまともな意見を榛原は笑い飛ばす。

「サシで勝負をつけようと誘《さそ》ったんだ。だから高橋は一人で来る。心配いらねぇよ。あいつは俺を舐《な》めてるからな。それに、俺はあいつの前でこいつをいたぶりたいんだ」

榛原はそう言って俺の背中にナイフを当てて、そのままビルの中へ向かわせた。

「つきあってる女性がいたぶられてたらあいつも焦《あせ》るだろうが、俺じゃどうだろうな」

「よく言うぜ。つきあってたんだろ？　お前ら」

榛原の嘲《あざけ》りに驚《おどろ》いて、ビルの入り口で思わず足を止めた。それを高橋が聞いたら、榛原は本気でビルの上から突《つ》き落とされるだろう。

「おい……」

早く歩け、と呟《つぶや》いた榛原の言葉に促《うなが》されてビルの中に足を踏み入れる。中は散らかっていた。割れたガラスの破片《はへん》や木材片がそこかしこに転がり、躓《つまず》かないように歩くことに気を遣《つか》う。

奥にある階段を上れと言われ、素直に従った。榛原が二階の突き当たりの部屋の鍵《かぎ》を開けていると、運転手の男は三階に上がっていく。

「チッ」

暗闇《くらやみ》の中で鍵を落として、榛原が舌打ちしながらしゃがみ込む。

その瞬間《しゅんかん》、俺は思いきり榛原を蹴《け》り飛ばした。廊下《ろうか》に転がった榛原の、ナイフを握《にぎ》る手を踵《かかと》で思い切り踏みつける。

「ぐっぁ」

呻《うめ》いて落としたナイフを指先で摑《つか》んだところで、榛原に思い切り突き飛ばされる。汚《きたな》い廊下の上に背中を打ち付け、それでもナイフは放さずにいると、三階から「ヒィィ」という悲鳴が聞こえた。

「何……だ？」

榛原が顔を上げて三階を見る。すると、階段から複数の足音が下りてきた。一番先に現れたのは、運転していた男だった。鼻を押さえた手の間から鮮血《せんけつ》が滴《したた》っている。

階段を下りきらないうちに背後から蹴飛ばされて、俺と同じように廊下に転がった。

俺は素早くナイフをジーンズの尻《しり》ポケットに仕舞《しま》った。粘着テープを切ろうと思ったが、そんな余裕《よゆう》はなさそうだ。

榛原は仲間のその姿を見ると事態を察して逃《に》げようとしたが、一階から上がってきた柄《がら》の悪い男に気圧《けお》されて二階に留《とど》まる。

「榛原ぁ、あんま手間かけさせんな」

運転していた男を蹴ったのは、高そうなスーツを着た男だった。

「お前が千曲からヤク盗《ぬす》んだせいで、こっちは大変なんだぜ？　向こうはお前の命とヤクじゃ足りねぇって言ってんだよ。尻ぬぐいにいくらかかると思ってんだ？　お手て繋《つな》いで仲良くしましょうって話がまとまりかけてるときに何やってくれてんだよ」

階段を上がってきた男が、榛原の体を床《ゆか》に押しつける。榛原は無抵抗《むていこう》だった。

「わ、渡辺《わたなべ》さん。ま、待ってください……！　俺は指示通りに千曲から……」

渡辺と呼ばれたスーツの男が、榛原の頭を思い切り踏みつけた。榛原は廊下に額を強くぶつける。

「指示？　おいおい、今度は濡《ぬ》れ衣《ぎぬ》かよ。千曲の組員殺してヤク盗んだのはお前の独断だろ？うちの組は何にも関係ねぇよ」

「そんな……っ」

俺は別のごつい男に服を引っ張られ、床から立たされた。

「こいつは……？」

渡辺の視線が向けられる。

「た、高橋をおびき出す餌《えさ》です。あいつ、もうすぐここへ……」

脇腹《わきばら》を別の連中に蹴られていた榛原が絞《しぼ》り出すような声で言う。

「高橋？　国光組の高橋か？」

渡辺の目の色が変わったのが分かった。

まずいな、と思った。じりじりと毛穴から入り込んでくる危機感に、掌《てのひら》に汗《あせ》が滲《にじ》む。

榛原にナイフを突きつけられていた時には感じなかった緊張《きんちょう》が、どっと押し寄せて来た。

目の前の男はやばい。簡単に逃げられる相手ではなさそうだ。

「へぇ……高橋が来るのか。なるほどな、お前はヤクを高橋に押しつけて、高飛びする気だったんだな？」

榛原と運転手の男が再び蹴られる。

「お前、高橋とどういう関係だ？」

「ダチだ。昔のな」

口の端《はし》をゆがめて、渡辺が笑う。

「本当か？　榛原」

男は榛原に確認《かくにん》を求めた。榛原は喘《あえ》ぐような声で「高橋の、オトコですよ」と答えた。

俺はそれを訂正《ていせい》するように「ダチだ」と言い直す。

「そうかよ」

男の拳《こぶし》が俺の腹にめり込んだ。殴《なぐ》られる瞬間に腹に力をいれたが、それでも深く入ってくる。

「ぐっ」

覚悟《かくご》はしていたが、奥歯を噛《か》みしめながら想像以上の痛みに喘ぐ。

「奥の部屋に縛《しば》っておけ。ああ、そいつらも一緒《いっしょ》にな」

男に先程《さきほど》榛原が入ろうとしていた部屋の中に突き飛ばされる。

部屋の中には応客セットが置かれ、ソファは埃《ほこり》を被《かぶ》っていなかった。おそらく榛原や運転手の男が使っていたのだろう。ガラステーブルの上は白い粉で汚れていた。

「おいおい、商品に手ぇ出してんのか？　だからお前は三流なんだよ」

使いかけのヤクをみて、見知らぬ男が榛原を蹴り上げる。運転手の男も榛原も、部屋の隅《すみ》に転がされた。俺は指図されるままに窓際《まどぎわ》の椅子《いす》に座る。

「榛原ぁ、俺良《い》いこと思いついたよ。千曲からヤクを盗んだのはお前、でもその指示は高橋が出してたことにすればいい。高橋とヤクと高橋が持ってくる金を向こうに差し出して、丸く収めようぜ。海老殻組は第三者ってことで決まりだ。折角《せっかく》仲直りしかけてるのに、また報復合戦が始まったら嫌《いや》だもんなぁ？」

渡辺はそう言って榛原の顎《あご》をつま先で軽く上向かせる。榛原は人形のように何度も大きく頷《うなず》く。二人のやりとりを見ていたら、渡辺は俺に視線を向けた。

「なんだ、もてそうな良い面《つら》してるじゃねぇか」

ぐいっと髪《かみ》を掴《つか》まれ、上を向かされる。

榛原につけられた頰《ほお》の切り傷はもうすでに乾《かわ》いて血が止まっていたのに、渡辺が親指の腹で強引《ごういん》に擦《こす》るからまた傷口が開いて血が滲んだのが分かった。

「高橋は女好きだとばかり思っていたが、男もいけるのか。確かにあの顔だからな、突っ込むよりは突っ込まれる方が向いてそうだ」

嘲る男の声に、無意識に視線が鋭《するど》くなる。睨《にら》み付けると、渡辺は俺の頬に張り手を食《く》らわせた。

「ああ、どうしてくれんだ。血で汚《よご》れちまった」

男は自分の掌を見て大げさに嘆《なげ》きながら、俺の目の前に掌をかざす。

肉厚の掌に叩《たた》かれて、歯で口の中が傷ついた。

「舐《な》めろよ。変態野郎《やろう》」

周囲は俺の動向を面白《おもしろ》そうに窺《うかが》っていた。

「早くしろ」

見下ろす視線は鋭く冷たい。拒否《きょひ》すれば殴られるだろうが、そんなのは別に怖《こわ》くなかった。

それよりなんとかしてこの場所を緒方に知らせたいという気持ちが働く。懐柔《かいじゅう》しやすそうな人間に見せかければ、相手は警戒《けいかい》を解くだろうか。

――いや、無理だろうな。

「おい、どうした変態野郎。やれよ」

俺は血が混じった唾《つば》を目の前の掌に吐《は》きかけた。

渡辺は俺の頬を汚れた掌で何度も叩いた。俺は歯を食いしばってじっと痛みに耐《た》える。

その時俺の携帯《けいたい》の着信音が聞こえた。こんな場面には不釣《ふつ》り合いな愉快《ゆかい》なメロディは前に友人が勝手に設定したものだ。クラシックの名曲らしいが、タイトルは忘れてしまった。

榛原の傍《かたわ》らに居た男が鳴っている俺の携帯電話を取りだし、渡辺に渡《わた》す。

榛原は渡辺にそれが俺の携帯であることを教える。

渡辺は俺の眼前にディスプレイを向けた。

「高橋か？」

表示されているのは電話番号だけだ。見覚えのある下四桁《けた》に俺は頷く。

それは緒方のものだった。

「出ろ。下手な事はしゃべるなよ」

渡辺は懐《ふところ》に入っていた銃《じゅう》を取り出して、それを俺に向ける。

別の男が携帯の通話ボタンを押し、手が塞《ふさ》がっている俺の代わりに耳に携帯電話を当てた。

会話が聞こえるように、男が側《そば》に寄りそう。酒臭《くさ》い男の息が頬を掠《かす》め、気持ちが悪い。

「はい」

電話の向こうはしばらく沈黙《ちんもく》していた。

『これから、そちらにいく』

緒方の声は聞き覚えのある穏《おだ》やかなものではなかった。先程、俺の部屋で秘密を打ち明けた緒方の声と同じで、やけに冷たく冷静な声だった。

念願叶《かな》ってやっと榛原を捕まえられるんだ。俺の存在は彼らの大義名分になる。俺は緒方にとって榛原の動向を教える情報提供者であり、別件逮捕《たいほ》の材料だ。緒方は俺の働きを喜んでいるだろうか。それとも、余計なことをしたと思っているだろうか。

どちらにせよ、声からは緒方の心情をうかがい知ることはできない。

冷たい声を聞いたら、俺が余計な真似《まね》をしてしまったのではないかと心配になる。

『条件について、もう一度榛原と交渉《こうしょう》したい』

もしも緒方が敵が榛原しかいないと思っていたら、ここに乗り込むのは危険だ。

緒方はここにいる男達の人数も持っている武器の存在も知らない。

榛原が言ったサシで話をつける、という言葉を緒方が信じていたら？

あり得ないとは思いながらも、もし緒方が一人で乗り込んで来たらどうしようと不安になる。

「ダメだ、来るなっ」

電話口に向かって怒鳴《どな》ると、ピシュッと空気を切り裂《さ》く音がして、右肩《みぎかた》に酷《ひど》く重いものがぶつかったような気がした。

「っ」

銃口が目に入り、撃《う》たれたのだと知った瞬間《しゅんかん》に、肩に鋭い痛みが走る。熱を持った痛みに傷口を見た。服が邪魔《じゃま》して上手《うま》く見えない。穴が開いた服がじわじわと血で染まる。

再び緒方に警告する前に、携帯は榛原の方に運ばれた。

榛原が電話口に向かって何か言っているが、内容までは聞こえなかった。

「話がまとまりかけてんのに面倒《めんどう》なことしないでよ。高橋来なかったら役者そろわねぇじゃん」

渡辺が俺の座っていた椅子を横から蹴《け》り飛ばす。俺は肩を庇《かば》った状態で、そのまま埃の積もった床《ゆか》の上に椅子と一緒に倒《たお》れた。

「あんまり余計なことすると、高橋来る前に殺すよ？」

渡辺はそう言うと振《ふ》り向き様に、俺ではなく運転手の男の足を撃った。弾丸《だんがん》は外れ、運転手の傍らの床に傷を付ける。そのためもう一度渡辺は引き金を引いた。

今度はちゃんと、運転手の足を撃ち抜《ぬ》く。

「ひぎゃっ」

撃たれた運転手の悲鳴が上がる。

「今ちょっと逃《に》げようとしただろ？　そういうのはよくねぇなぁ」

暇《ひま》を潰《つぶ》すための暴力が始まった。まずは運転手。その次は榛原が餌食《えじき》になる。

「やめてください、かんべんしてください」

榛原はいたぶられる間に何度も謝り、哀願《あいがん》したが聞き入れられることはなかった。

ぼこぼこにされた榛原の呼吸がやけに荒《あら》い。ふが、ふがという呼吸音を聞いて、鼻の骨でも折られたのだろうかと想像する。すぐに俺も似たような状況《じょうきょう》になるだろう。その前に縛られた手首の粘着《ねんちゃく》テープを切ってしまいたいが、肩が痛んで上手く動かなかった。

榛原が鈍《にぶ》い反応しか返さなくなって、いよいよ俺の番が来る。

視界に渡辺の革靴《かわぐつ》が入り、俺は諦《あきら》めて体の力を抜く。

目の前の埃の中に死んだ羽蟻《はあり》の死骸《しがい》を見つけた。最悪ここで殺されたら、透《す》き通った蟻の羽が俺の血に染まるのかと、そんなどうでも良いことを考える。

――いや、まだ大丈夫《だいじょうぶ》だ。まだ殺されはしないだろう。

「さーてと、どうすっかなこいつ」

髪を掴《つか》まれ、顔を上げさせられた俺はただ目の前の男を見た。

撃たれた肩が熱を持ったように痛む。

「カマだったよな？　しゃぶらせるか？」

「噛《か》みきられそうで怖いッスよ」

「じゃあお前、尻《しり》に突《つ》っ込んでみろよ」

「勘弁《かんべん》してくださいよ。いくら顔良くても男ッスよ」

げらげらと笑う連中のうちの一人が、俺の胸倉《むなぐら》を掴んで無理矢理《むりやり》立たせる。

そのままストリップのまねごとでもさせる気なのか、穿《は》いていたジーンズに手を掛《か》けられた。

まさか好きにさせるわけもなく、目の前の男の股間《こかん》を思い切り膝《ひざ》で蹴り上げる。

結果が見えていたとしても、抵抗《ていこう》せずにやられっぱなしなんて選択肢《せんたくし》は俺にはない。

「てめぇっ」

途端《とたん》に他《ほか》の連中が掴みかかってきた。何人か蹴り飛ばしたけど、両手を縛《しば》られたままのバランスの悪い蹴りじゃ、大した効果はない。俺の両手が塞がっていなくてここに高橋が居れば、この人数が相手でも何とか二人で逃げるぐらいはできただろう。

だけど俺は高橋ではなく緒方に電話をかけた。

当たり前だ。親友をみすみす危険な目には遭《あ》わせられない。

それに騙《だま》されても利用されても、俺は緒方が好きだ。緒方のためになるなら、この状況だって悪くない。

「カマ野郎！」

肺のあたりを強く蹴られて、受け身も取れずに窓に頭をぶつける。

ガシャン、と音を立てて窓が割れた。ついで、胸倉を掴まれ床の上に引きずり倒される。

「クソがっ」

渡辺に俺は後頭部を思い切り蹴られて、頭蓋骨《ずがいこつ》が揺《ゆ》れる。

耳の奥でガンガン頭痛がする。その頭痛がだんだん弱まっていくと同時に、視界は真っ暗になり、周囲の音も痛みも全部消えて無くなった。


床に倒れたまま、どれぐらい意識を失っていたのかは分からなかった。大した時間じゃないかもしれないし、もしかしたら二、三時間たっていたのかもしれない。

意識を失うときも徐々《じょじょ》になら、覚醒《かくせい》も徐々にやってきた。最初は聴覚《ちょうかく》だった。

周囲がうるさい。銃声《じゅうせい》が聞こえて、窓《まど》ガラスが割れる音がした。

水の中にいるように、音が聞こえづらい。

うっすらと目を開く。窓の向こうから赤くちかちかした光が室内に入ってくる。

誰《だれ》かがすぐ側で怒鳴っているのが聞こえた。ぼんやりとした視界に、スーツ姿の緒方が映る。

どうしてここにいるのかと聞こうとして、声が出ないことに気付く。体がひどく重く、目がかすむ。

「こいつを殺す！　こいつを殺すぞ！」

すぐ側で渡辺が緒方に向かって怒鳴っていた。渡辺が持っている拳銃《けんじゅう》の銃口が、俺に向けられている。顔を上げれば、室内には何人かが血まみれで倒れていた。

死んでいるのか、生きているのかは分からなかった。

ただ榛原は隅《すみ》のほうで「痛い。痛い」と呻《うめ》きながらのたうっていた。

「高橋のやろう、サツなんか呼びやがって！　畜生《ちくしょう》、はめられた！」

喚《わめ》いている渡辺の目はまっすぐに緒方に向けられていた。渡辺は俺が意識を取り戻《もど》したことに気付いてはいない。

「銃を捨てろ、じゃねぇとこいつを殺す！」

緒方はそれを聞いて、渡辺に向けていた拳銃をゆっくりと下げた。耳をつけた床からは、一階の騒音《そうおん》が聞こえる。ビルの外も騒《さわ》がしい。

俺は気付かれないように注意を払《はら》って体を捩《よじ》る。ちらりと目に入った右肩は赤黒い血でぐっしょりと濡《ぬ》れていた。さっきから右腕の震《ふる》えが止まらず、力がまったく入らないので、左手でポケットを探《さぐ》る。相変わらず手首は縛られたままなので、やりづらくて困る。

視界の隅で、緒方が渡辺の言いなりになって銃を捨てるのが見えた。

それを見て、俺はどうやら自分のやり方が間違《まちが》っていたらしいことに気付く。緒方の足を引っ張るために、俺はここに来たわけじゃない。けれど結果的にはそうなっている。

「こっちに寄こせ」

緒方が床に落とした銃を俺達の方に蹴る。けれど銃は渡辺の足下《あしもと》には届かず、部屋の中央の瓦礫《がれき》で止まった。それでも緒方がすぐには手に出来ない位置だ。

勝ち誇《ほこ》ったような顔で渡辺が緒方に銃を向けるのが見えた。俺はその瞬間、重い体を起こして、思い切り男のふくらはぎにナイフを突き刺《さ》した。

「うっ」

呻きながら男が放った弾丸は、軌道《きどう》を変えて天井《てんじょう》に穿《うが》たれた。自分のふくらはぎに刺さったものを見ると、渡辺はそのまま床に膝を突いて俺に銃口を向ける。

真っ黒な穴が、ぽっかり自分を見ているような気がした。

身動きが取れずに固まった瞬間、渡辺の顔が狂気《きょうき》に歪《ゆが》む。思わず目を瞑《つぶ》った俺の耳に、パンというやけに乾《かわ》いた軽い音が聞こえた。

何秒かそうしていたが、右肩《みぎかた》以外にどこにも痛みがない。うっすらと瞼《まぶた》を開いたら、先程まで俺を撃《う》とうとしていた男が腕を押さえながら、仰向《あおむ》けに倒《たお》れていた。

緒方が銃を手にしていた。そのまま近づいてくると、氷のような目で渡辺を見下ろす。

捨てた銃はそのままだった。初めから二丁持っていたのだろう。

渡辺は苦しげな息の合間に悪態を吐《つ》いていたが、緒方の銃口が自分の額にポイントされたままなのを知ると、ぎくりと体を強張《こわば》らせた。

「お、おい……」

俺と渡辺は同時に、緒方がこれからしようとしていることを悟《さと》った。

焦《あせ》ったように渡辺は両手をあげたが、緒方の照準は外れるどころかぶれもしなかった。

――緒方は渡辺を殺す気だ。

凍《こお》り付くような視線で渡辺を見つめたまま、トリガーに引っかかった緒方の指が動く。

「おがた……さん」

掠《かす》れた声で咄嗟《とっさ》に名前を呼ぶ。緒方の視線が俺に向けられた。

「だ、めです」

声が震えたのは痛みのせいじゃない。緒方の冷えた眼差《まなざ》しのせいだ。

――怖《こわ》い。

言いようのない恐怖《きょうふ》が体の内で膨《ふく》れあがる。それはおそらく銃口を向けられている渡辺も同じなのだろう。濡れた音が聞こえ、渡辺の股間から埃《ほこり》の積もった床《ゆか》に染《し》みが広がる。

「緒方さん」

怯《おび》えながらも、もう一度名前を呼ぶ。緒方は額から照準を外すと、その代わりに渡辺の膝に銃弾《じゅうだん》を撃ち込んだ。渡辺が再び呻いたが、緒方は無表情で天井に向けてもう一発銃弾を放ち、渡辺が落とした銃を部屋の隅に蹴飛ばす。

「緒方、お前……」

廊下《ろうか》から顔を出した年輩《ねんぱい》の警官が口元を引きつらせる。厳重な装備で身を固めてやってきたその警官は、緒方を見て眉《まゆ》を寄せる。

「警告射撃《しゃげき》、後に撃ってどうすんだよ。だいたい、お前が先陣《せんじん》切って乗り込んでどうす……」

緒方は男の文句を視線だけで黙《だま》らせる。

一階から騒々《そうぞう》しい足音がして、何人もの警官が二階に上がってくる。

緒方は渡辺には目もくれずに俺の前に膝を突く。顔を覗《のぞ》き込んできた緒方は、俺の体に腕を回す。自分では立ちあがることが出来ないほど重いのに、緒方の腕は危なげなく俺を抱《だ》きあげる。

「出血が酷《ひど》い」

低く絞《しぼ》り出すような声で緒方が言った。

それを聞いて、朦朧《もうろう》としている原因が失血にあることを知る。体が重いのも、目がかすむのもそれが理由だろうか。窓ガラスにぶつかったとき、確か後頭部を切った。だから余計に出血が酷いのかもしれない。

「っう」

横抱きにされたまま階段を下りる。前を向く緒方の張りつめた表情を下から眺《なが》めた。

穏《おだ》やかな緒方が好きだった。だけど、今の緒方も嫌《きら》いじゃない。

もっと、たくさん緒方のことが知りたい。優《やさ》しいのも怖いのも、緒方なら全部好きになれる気がした。

だから。

「……あれ、嘘《うそ》だから」

意識が薄《うす》くなる。重力に引かれて体が沈《しず》み込んでいきそうだった。

「二度と会いたくないなんて嘘だから」

邪魔《じゃま》な警官や組員を怒鳴《どな》りつけ慌《あわ》ただしくビルの外に向かう緒方に、掠れた声で告げる。

「俺……緒方さんが好きなんだ」

その言葉に、ようやく緒方が俺を見下ろす。

緒方が険しい顔のままで、泣きそうに眉を寄せる。その頬《ほお》に指を伸《の》ばして、触《ふ》れる。

「大丈夫《だいじょうぶ》……」

こんなの大したこと無い、そう続けようとしたが意識が保《も》ったのはそこまでだった。

意識がなくなる瞬間《しゅんかん》、どこかで俺の携帯《けいたい》が鳴っているのが聞こえた。

思い出した。あの曲のタイトルは〝天国と地獄《じごく》〟だ。


目が覚めた瞬間、真っ先に目に入ったのは白い丸みだった。

視界を遮《さえぎ》るそれをどけようと手を当てると、頭上から「きゃあ」と甲高《かんだか》い声が聞こえる。

自分の胸を押さえ顔を赤くした看護師が、今のは故意か事故かを見極《みきわ》めるような目で俺を見下ろしていた。

俺は掌《てのひら》に残る柔《やわ》らかい感触《かんしょく》に、意識的に行ったわけじゃないのに罪悪感を覚えた。

「佐伯さん、目が覚めたんですね。気分はいかがですか？」

まだ疑いが晴れないような目で、看護師は色々と質問をしてきた。

俺は聞かれるがままに体調を説明する。

「やぁ、どうも。目が覚めましたか」

一通りの質問が終わり部屋を出た看護師と入れ替《か》わりに顔を出したのは、交通整備のアルバイトをしていたおじさんだった。

いつもの紺色《こんいろ》に反射板の張られたジャンパーではなく、今日は茶色のコートを着ている。

「あ……」

起きあがろうとすると、頭痛がした。撃たれたことを思い出して肩《かた》を見れば、そこには真っ白な包帯が巻かれている。痛みを感じないのは麻酔《ますい》のせいなのだろうか。

とにかく体が怠《だる》く、重かった。ずいぶん長い間寝《ね》ていたような気がしたが、枕元《まくらもと》に置かれたデジタル時計は一日しか進んでいない。

時計を信用するならば、緒方に真相を告白されたのもビルで殺され掛《か》けたのも、昨日の出来事らしい。

「あの…、どうして?」

何故《なぜ》交通整備のおじさんがここに居るのか分からずに問いかけると、おじさんの背後からかっちりとスーツを着た若い男が顔を出す。

「どうも、佐伯敬介さんですね」

七三に分けた頭にメガネという典型的な優等生タイプの男が、緒方の部下だと名乗った。

「捜査《そうさ》にご協力頂き、感謝しています。改めて榛原との関係からお聞きしたいのですが……」

手帳を開いたその刑事《けいじ》を、交通整備のおじさんが睨《にら》み付けた。

「おい、後にしろ」

凄《すご》みを利《き》かせたその声に、七三の男は気圧《けお》されたように口を閉《と》ざす。

「すいませんね、佐伯さん。若い奴《やつ》らはせっかちでね」

おじさんは若い刑事にお茶を淹《い》れてくるようにと命じて追い払《はら》う。

「あの……」

おじさんはにこりと笑って改めて名前を名乗り、元刑事だと言った。

「警官……だったんですか？」

「去年引退して、今じゃ家庭菜園と孫の成長が何よりの楽しみなんですよ。でも、公安時代の部下から佐伯さんが事件に絡《から》んでるって聞いたらいてもたってもいられなくてね」

知り合いらしい口振《くちぶ》りだが、俺はどうしても思い出せない。

頭の中で必死におじさんとの繋《つな》がりを考えていると「佐伯さんは知らないでしょうね」と言われた。

「お礼を言うのが遅《おく》れて申し訳ありません。四年前、孫と部下を助けてくださって、ありがとうございました」

「四年前？」

「覚えていませんか？　八月十二日、羽津代市《はつしろ》の貸し駐車場《ちゅうしゃ》で子供とチンピラを助けたことを」

「あ……」

おじさんはあのときの事を思い出した俺に、当時の状況《じょうきょう》を語る。

四年前、逆恨《さかうら》みで暴力団に孫が誘拐《ゆうかい》され、ちょうどその組織に潜入捜査《せんにゅうそうさ》を行っていた部下が単身で救出に当たった。どうにか子供を救出することには成功したが、部下はその時に怪我《けが》を負い身動きが出来なくなったと、老刑事は四年前の事件を説明した。

「あのときあなたがいなかったら、私は大事な孫と優秀《ゆうしゅう》な部下を失っていた」

「いいえ、俺はただ子供を交番に届けただけですから」

「そして部下を病院に連れて行ってくれた。輸血のために血を提供してくれた」

あの日のことは今でも記憶《きおく》が鮮明《せんめい》に脳裏《のうり》に焼き付いている。俺は子供を交番に届けた後で、ケンカ仲間から聞いた口の堅《かた》い医者の許《もと》へ血まみれの男を運んだ。前払《まえばら》いだと告げた医者に、男から渡《わた》された皺《しわ》くちゃの万札を渡した。足りないと言われ、足下《あしもと》を見られているのは分かっていたが、背に腹は替えられず有り金を全部渡した。

輸血が必要だとかなりの量の血を抜《ぬ》かれ、体力を消耗《しょうもう》して俺は廊下で寝てしまった。目覚めた時には男の姿は無く、俺の肩には血のついた黒いジャケットが掛けられていた。それからしばらくその男の行方《ゆくえ》が気になっていた。死んだのか、生き延びたのか。まさか彼が警察の人間だとは思わなかった。けれどだとしたら、疑問が残る。

「どうして、あのとき彼は警察を頼《たよ》らなかったんですか？」

その問いかけに老刑事は言葉を選ぶように目を伏《ふ》せる。

「内通者がいたからです。誰《だれ》が内通しているのか分からなかった。部下の潜入はその内通者を暴《あば》くための極秘《ごくひ》任務でした。だから部下はまだ刑事だとばれるわけにはいかなかった。ばれたら他《ほか》の潜入者の命も危険に晒《さら》すことになる。あのとき、警察は頼れなかった」

仲間の命を危険に晒さないのと引き替えに自分の命を諦《あきら》める。四年前のあの日、あの男はその決断をしたのだ。俺が戻《もど》る事なんて、予期してはいなかっただろう。

「部下があなたのバイクのナンバーを記憶していましてね、それで名前は知っていたんです。私たちはあなたにとても感謝しているんです。だから、もしあなたが犯罪に荷担《かたん》しているのなら、私たちの手で捕《つか》まえようと思った」

老刑事が一瞬《いっしゅん》酷《ひど》く厳しい顔をした。

「でも、あなたは潔白でした。それどころか私たちが付いていながら危険な目に遭《あ》わせてしまって、申し訳ありません」

老刑事が頭を下げる。

「いえ、俺は……自分から飛び込んで行ったんです」

夜道で榛原にナイフを突《つ》きつけられた時、俺が望めばあの場であいつを振《ふ》り払うことだって出来た。ビルに連れて行かれる間だって、逃《に》げ出せそうなタイミングは何度もあった。

「あなたはとても勇気のある方だ。またあなたに助けられた」

助けられた、という台詞《せりふ》に俺ははっと顔を上げた。

「彼が緒方さんなんですか？」

老刑事は不思議そうな顔をした。俺がとっくに気付いていると思っていたみたいだ。

だけど四年前の男と緒方は、雰囲気《ふんいき》も何もかもまるきり違《ちが》っている。大体彼が刑事なんて知りもしなかったし、あのとき顔は判別が付かないほど腫《は》れ上がっていた。

「ええ、そうです」

それが分かれば何故あそこまで緒方が俺に親切にしてくれたのか、全《すべ》て説明が付く。

「緒方は命の恩人であるあなたのことを決して忘れはしなかった」

「大げさですよ、俺は大したことはしてない」

老刑事はゆっくりと首を振った。

「大げさじゃありません。四年前、孫と部下はあなたがいなかったら死んでいた。孫が再び連中に見つかれば、見せしめに殺されていたでしょう」

老刑事は「ありがとう」と言って微笑《ほほえ》んだ。

年輩《ねんぱい》の人から感謝されるのは慣れていないから、どう反応して良《い》いのか分からない。

迷った末に会釈《えしやく》を返すと、先程《さきほど》の若い刑事がお盆《ぼん》にお茶を載《の》せて戻ってきた。ぎこちない足取りで盆の上のお茶に全神経を集中している様が、少しおかしい。

その顔を見ていたら、若い刑事がいつか緒方と一緒《いっしょ》に交番を出てきた男に似ていることに気付いた。あのときは両腕《りょううで》に刺青《いれずみ》なんてしていたが、今は七三の髪型《かみがた》でスーツをきっちり着ている。じっと見なければ分からなかっただろう。

「弟じゃなかったんですね」

若い刑事は俺にお茶を渡《わた》しながら「すみません」と謝る。

「警察が警察に捕まることもあるんですね」

「潜入は常に極秘ですから。同じ警察とはいえ、事情は話せません」

それにしても緒方も目の前の刑事も凄い変わり様だ。

「でも俺と佐伯さんは接触《せっしょく》する予定じゃなかったので、あの後緒方警視には死ぬほど怒《おこ》られました。いつも鬼《おに》みたいですけど、あのときは本当に……」

若い刑事の顔が青ざめる。ヤクザや売人と常日頃《つねひごろ》から渡り合っているであろう男が、小刻みに震《ふる》えたのを見て、俺は渡辺に銃《じゅう》を向けた緒方を思い出す。

「でも、普段《ふだん》はとても優《やさ》しいですよね……」

老刑事が笑いながら「佐伯さんは特別ですよ」と言う。

若い刑事は俺の口から出た「優しい」という言葉が理解できないかのように、眉間《みけん》に皺を寄せて怪訝《けげん》な表情をしていた。

「あの、緒方さんは？」

「緒方警視はまだ現場です。そういえば、伝言をお預かりしていました」

「伝言？」

「すみません、と伝えて欲しいと言ってました」

若い刑事は俺ではなく老刑事の顔色を窺《うかが》いながら「事件のことを聞いてもよろしいでしょうか」と持ちかけた。
一、二時間ほど質問に答えると、老刑事が若い刑事を促《うなが》して質問を終わらせた。
「冴子なんて娘《むすめ》はいないんですね。俺の反応をみていたんでしょう？」

帰り支度《じたく》をしていた老刑事に問いかける。

「はい」

老刑事は頷《うなず》く。

緒方は俺をテストしたと言った。俺はどれがテストでどれがテストじゃなかったのか分からない。緒方の言葉のどれが嘘《うそ》で、何が本当なのかも分からない。それが酷《ひど》く辛《つら》い。

「佐伯さん、あなたを騙《だま》したこと、疑っていたことを許して欲しいとは言いません。恩を仇《あだ》で返してしまいました。でも、分かって欲しいんです。私も緒方も、本当にあなたに感謝しているんです。もしもあなたがこの件に関《かか》わっているなら、どうにか助けたいと思っていた」

老刑事はまっすぐ俺を見ていた。

「普通《ふつう》、警視は潜入なんてしないんです。それにもともとあなたを監視《かんし》するために潜入は使えなかった。だから緒方はプライベートであそこに住んでいた。警視自ら時間外に関係者の一人を監視し、あまつさえ親しくしていたなんて上にばれたら緒方の現在の地位は脅《おびや》かされる」

老刑事《けいじ》は分かってください、と言った。

「確かに緒方はあなたを疑っていました。だけど同時に守りたいと思っていたんです」

二人が帰ってから、緒方はどんな気持ちで俺への伝言を託《たく》したのだろうと考えた。一体なんの謝罪なんだろう。俺が撃《う》たれたことに対してか、それとも俺を抱《だ》いたことに対してか。

「守りたいと思っても、抱きたいとは思っていなかっただろ」

俺に同情して抱いたのか。今更《いまさら》謝られても困る。謝罪なんかはどうでもいい。

俺はただ一目顔が見たいだけなのに、どうしてこの場にいないんだろう。

いつもの穏《おだ》やかな顔で側《そば》にいてくれたら、それだけで全部許してしまえる気がするのに。

目頭《めがしら》が熱くなって、誤魔化《ごまか》すように頭を振る。

自分の感情をもてあましながら、それでも緒方のことばかりを考えた。

それから見張りを交代する警官が挨拶《あいさつ》に来た以外は、特に来訪者は無かった。

翌日、朝食が終わってから現れたのは、懐《なつ》かしい友人だった。

「よぉ……撃たれたんだって？」

笑いながら入ってきた高橋はその手に「お見舞《みま》い」とでかでかと熨斗《のし》の貼《は》られたフルーツ籠《かご》を持っていた。メロンやパイナップルが丸ごと入っているでかい籠を、ベッドの上に付いていているスライド式のテーブルに置く。

「久しぶりだな」

高橋はにやっと笑った。

オレンジのジャケットにロンT、使い古されたようなジーンズを穿《は》いてキャップを被《かぶ》った男は、どう見積もっても高校生ぐらいにしか見えない。

「普段はスーツなんだぜ？　これで一応変装してんだよ」

俺の視線の意味を正確に読みとって、高橋は言い訳のように言った。

「似合ってる」

「うるせぇ」

高橋の声は八百屋をやっている父親譲《ゆず》りのダミ声だ。声だけは低くヤクザらしいが、女性的な顔と格好がそれを裏切ってる。背は俺より多少低いぐらいだが、全体的に骨格が細い。それでもケンカは五分だった。外見で高橋を舐《な》めた連中は漏《も》れなく痛い目にあっていた。

「俺だってこんな格好は嫌《いや》なんだ」

キャップをとって、ガシガシとゆるくウェーブのかかった髪《かみ》を掻《か》く。くせのある毛先が撥《は》ねると余計に幼く見えたが、口にすれば機嫌《きげん》を損《そこ》ねてしまうので胸の内にしまう。

それから高橋は俺の包帯を見て「だから榛原はまずいって言っただろ？」と嘆息《たんそく》する。

どうして知ってたんだ？　と続くはずの言葉は飲み込んだ。俺には知らなくても良《い》いような裏社会のネットワークがあるんだろう。

そもそも俺がここに入院しているのだって、何故《なぜ》知れたのか不思議だ。わざわざ変装してきたということは、警察が教えたわけでもないのだろう。

「あんまり悪いことはするなよ」

「それはあの刑事に言えよ」

高橋は自分が持ってきた籠の中から葡萄《ぶどう》の粒《つぶ》を摘《つま》み、口に放《ほう》り込む。皮ごと葡萄を食べる姿は中学時代と重なる。店の売れ残りをよく学校に持ってきて食べていた。

「どういう意味だ？」

「一昨日《おととい》緒方って奴《やつ》が俺の泊《と》まっているホテルに来た。部下を三人も失神させた後で、俺のこめかみに銃口《じゆうこう》突きつけて、ビルの場所を吐《は》かないと殺すって脅しやがった」

「まさか」

緒方は暴力が好きなタイプではない。確かに渡辺という男を撃ったが、それは渡辺が緒方を撃とうとしたからだ。

「それ、本当に緒方さんだったか？」

「緒方だって名乗ってたけどな。黒髪《くろかみ》の背の高い男だ。ぞくぞくするような目ぇしてたぜ？銃なんか突きつけられなくても、お前がやばいって先に言えばさっさと教えたのに」

高橋は楽しそうに笑って、何粒目か分からない葡萄を口に運ぶ。

そんな風にこいつが笑うのは、決まって闘争心《とうそう》を掻き立てられた時だった。自分よりも強い相手を屈服《くっぷく》させるのが高橋の趣味《しゅみ》みたいなものだ。

「それより、榛原はどうなった？」

俺は昨日の若い刑事に聞いた情報をそのまま教えた。

「骨折してる箇所《かしょ》が多いらしいけど、生きてるみたいだ」

高橋は汚《よご》れた手をジーンズで拭《ぬぐ》いながら「あいつはこういう世界が向いてねぇよ」と言った。

「俺の下に入りたいって言ってきた時も断った。あいつには度胸が足りない。いつかドジを踏《ふ》むだろうと思ってたよ。高校の頃《ころ》のようにな」

俺は高橋が榛原のせいで警察に捕《つか》まった、という話を思い出す。

高橋は立ち上がり「退院したら、飲み行こうぜ」と言った。

「奢《おご》ってやるよ」

そう笑った高橋に「それまで、良い子でいるんだぞ」と声をかける。高橋はそれには返事を返さなかった。

高橋が帰ってしばらくしてから現れたのは、口うるさい兄弟と両親だった。一番上の姉は包帯を解《ほど》いて銃創《じゅうそう》を見せろといつものように自分勝手な事を口にして、それを父が止める。まだ高校生の弟は好奇心《こうき》いっぱいに撃たれた時の様子を聞きたがった。

「相手は何持ってたの？　トカレフ？　ベレッタ？　コルト？　S&W？」

興奮気味の弟の声を聞いて、俺の警護のために病室の入り口に立っていた警官が、警戒《けいかい》するような目で弟を見やる。

「なんでお前そんなの知ってるんだ？」

些《いささ》か呆《あき》れ気味に聞けば、弟は肩《かた》をすくめた。

「これぐらい常識だよ。ゲームとか漫画《まんが》でよく出てくるし。で？　どんなやつ？」

俺は請《こ》われるがままに弟に渡辺が持っていた銃のことを教えたが、詳細《しょうさい》までは覚えていなかった。ただやけに銃身が長かったと言うと、弟は知ったような口振《くちぶ》りで「消音器《サイレンサー》だよ」と説明してくれた。

弟は俺に事件の詳細を聞きたがったが、お袋の手前あまり刺激《しげき》の強い話は出来ずに、たまま榛原と一緒《いっしょ》に居たところを間違《まちが》って誘拐《ゆうかい》されたのだと説明する。

さすがに麻薬《まやく》の売人だと疑われていたと言うのは躊躇《ためら》われた。

家族は病室に一時間近くいたが、俺が無事であることを知って安心すると、高橋が見舞いで持ってきたメロンを持って帰って行った。

証拠品《しょうこ》として押収《おうしゅう》されていた携帯《けいたい》が返却《へんきゃく》されたのは夕方過ぎだった。緒方から着信があるかもしれないと携帯電話を眺《なが》めたが、着信履歴《りれき》は緒方以外の人間で埋《う》められていた。俺が入院したことを知った仕事の先輩《せんぱい》や社長から着信が来ていたので、折り返す。

警察からすでに事情を説明されていたのか、社長は特に俺には何も聞いてこなかった。しばらく休むことになりそうだと告げると「まぁゆっくりして来い」と言われる。

退院の日にはわざわざ警察がパトカーで自宅まで送ってくれた。

結局、入院中に緒方が俺を見舞うことはなかった。

運転席の警官に緒方のことを尋《たず》ねると、知らないと首を横に振《ふ》られる。俺の病室に来た二人の刑事は「緒方」と呼んでいたが、やはり本名は違《ちが》うのかもしれない。

俺はそれ以上は何も聞かなかった。送ってくれた警官に礼を言い、部屋のドアをあける。

ポストから溜《た》まった手紙を取り出して、部屋に入る。部屋の中は何日か締《し》め切ったせいで、空気が淀《よど》んでいた。

「疲《つか》れたな」

手紙のほとんどはダイレクトメールだった。ガスの料金明細もある。手紙を次々とゴミ箱に入れていると、はらりと何かが床《ゆか》に落ちた。拾い上げると、それは宅配便の不在票だった。

「何だ？」

心当たりはなかったが、運送会社に連絡《れんらく》を取る。一時間後に配達に行くと言われ、俺はそれまで部屋を片づけた。時間通りに現れた配達人から小さな箱を受け取る。

開けてみると入っていたのは濾過《ろか》器だった。手違《てちが》いにより、配送が遅《おく》れた事への謝罪文がつけられ、メーカーからのお詫《わ》びの品として余分に替《か》えの濾過布が同梱《どうこん》されていた。

そう言えば前に緒方の部屋で濾過器を注文してもらったんだ。すっかり忘れていた。

お湯を沸《わ》かし濾過器を煮沸《しゃふつ》消毒しながら、フラスコを洗って中をお湯で満たす。

『今度飲ませてくださいね』

そんな風に笑った緒方の顔を思い出すと胸が痛む。

苦い思いを噛《か》みしめて、真新しい濾過器のフックをロートの口に引っかける。いくつかある豆の中から味の濃《こ》いものを選んで挽《ひ》き、濾過器の上に落とす。アルコールランプに火を着けて水が上がるのを待ちながら、気付けば隣《となり》の部屋とを仕切る壁《かべ》ばかり見ている。

先程《さきほど》見た緒方の部屋の前には、新聞が重なっていた。

恐《おそ》らく何日も帰ってきていないのだろう。壁が薄《うす》いのに隣の部屋からは物音一つしない。

「もう帰ってこないのかな」

緒方が隣の部屋にいたのは、俺を疑ったからだ。榛原や俺を突破口《とっぱこう》に、緒方はそれより上の組織を潰《つぶ》したかった。病院で若い刑事《けいじ》から聞いた話を全《すべ》て信じるとすれば、俺や榛原はもう緒方にとって用済みだ。緒方が隣の部屋に帰ってくる理由も、再び俺と接触《せっしょく》する理由ももうない。

ボコッ。

水の中の空気がはじける音に振り返り、近くにあったスプーンで粉をかき混ぜる。

火を止めて、出来上がったコーヒーが下りてくるのをじっと待つ。

カップに注いで、それを片手にベッドに座る。リモコンでテレビをつけると、タイミングよくニュースが放映されていた。

段ボールを手にビルから出てくるスーツ姿の警官たちと、画面の端々《はしばし》に映る柄《がら》の悪そうな男たちの映像が流れる。

『……日午後一時、指定暴力団海老殻組幹部で甘夏《あまなつ》会会長の河内八朔《かわちはっさく》容疑者の自宅及《およ》び海老殻組の総本部で、機動隊を含む捜査員《ふくそうさ》二百五十人余りによる家宅捜索《そうさく》が開始されました。昨年の千曲会幹部殺人事件、市長脅迫《きょうはく》事件の容疑者幇助《ほうじょ》、及び麻薬密売の疑いがかけられています』

厳しい顔で報道を行う男性リポーターの口から、入院中に刑事から何度も聞いた名前が飛び出してくる。

現場の映像では興奮した組員が捜査員の胸倉《むなぐら》をつかむシーンも映されていた。その中に緒方がいないかと目を凝《こ》らしたが、見つけることはできなかった。映像はスタジオに切り替わり、白いスーツを着た女性アナウンサーがフリップを手にして、昨年からの事件のあらましを簡単に説明する。

俺はぼんやりテレビを見ながら、俺のやったことは少しは役に立っただろうかと考えた。肩を撃《う》たれたんだから、少しぐらいは貢献《こうけん》していないと困る。

ニュースはいつの間にか次の話題に移っていた。

『主婦が気になる激安情報！　さて、今回お邪魔《じゃま》するのは……』

先ほどとは真逆の話題についていけずにテレビを消した。

沸騰《ふっとう》させすぎて、少し苦味が強くなってしまったコーヒーを飲みながら、壁に頭を付ける。

暴力団の映像なんて見せられたら不安になって、思わず携帯電話に手を伸《の》ばす。

着信履歴を最初から最後までじっと見つめた。だけど事件の日以降、緒方からの着信はない。

飲みかけのコーヒーが冷たくなるまで躊躇ってから、古い着信履歴に残っていた緒方の番号にリダイアルした。

『この番号は、現在使用されておりません。番号をお確かめの上……』

返ってきた機械のアナウンスに、思わずゴツンと壁に後頭部をぶつける。

「事件が片付いたら用無しかよ」

恨《うら》み言のように口にして、腹立《はらだ》ち紛《まぎ》れに持っていた携帯電話を目の前の壁に向かって投げつけた。派手な音がして、プラスチックが割れてカケラが床に飛ぶ。

騙《だま》された、遊ばれた、利用された。

被害者《ひがいしや》意識の強い女性みたいな考えが、頭のなかをぐるぐる回る。

怒《おこ》っていないと悲しくなりそうだったから、緒方の最低な部分を頭の中で羅列《られつ》した。だけど結局、思い出すのはやさしく笑う顔だったり、抱《だ》きしめられたときの腕《うで》の強さばかりだ。

あの人が俺のものにならないことなんて最初から分かっていた。

「分かってた……のにな」

だけどほんの少し期待してしまった。

「畜生《ちくしょう》」

目を閉じたら、瞼《まぶた》に緒方の顔ばかりが浮《う》かんだ。

それが悲しくて悔《くや》しくて恨めしくて、どうしようもないぐらいに胸が痛かった。


緒方がいなくなって二ヶ月近く経《た》った五月のある土曜日に、緒方の部屋には新しい入居者が入った。

盛岡《もりおか》から転勤してきたと自己紹介《しょうかい》したのは、緒方と似たような年頃《としごろ》の男だった。新しい隣人《りんじん》は神経質そうにメガネの端《はし》を持ち上げながら、家に仕事を持ち帰ることも多く夜遅《おそ》くまで仕事をしているから、極力うるさくしないでほしいと言った。

まさか入居初日にそんなことを言われるとは思わずに、半ば呆れながら「気をつけますよ」と返す。

歩いて駅前にある予備校に向かい、年下の連中に混じって小論文の講座を受講する。一時間半の受講時間を長いと最初の頃は思っていたが、慣れるとそうでもない。前回の課題のポイントを解説する声に耳を傾《かたむ》けながら、参考書を捲《めく》る。

『いつも言ってますが、まず自分の意見をはっきり主張することが大切です』

緒方も前に同じ事を言っていた、と思いながらシャーペンを握《にぎ》り直す。

最近は刑事に話を聞かれることもあまりない。裁判の時は協力すると約束したが、出廷《しゅってい》の要請《ようせい》は無く、裁判が始まっているのかどうかも俺は知らないままだ。

相変わらず緒方からはなんの連絡もない。おそらく俺はもう緒方に会うことはないんだろう。

緒方からの連絡を待って、携帯《けいたい》ばかりを眺《なが》めてしまうから、解約して新しいものに変えた。

真新しい携帯を鳴らすのは友人と会社の人間だけだ。番号を知らないんだから緒方から掛《か》かってくるはずはない。

だけど掛かってくるはずのないその電話を、俺はまだ待っている。

予備校の近くで昼食を取ってから午後の授業を受け、それから夕方まで自習室で勉強する。夜になってから駅前のラーメン屋で飯を食って、ゆっくり家までの道を歩く。

道沿いの家の庭にペチュニアが咲《さ》いている。赤紫《あかむらさき》の花は実家の庭にも咲いていた。花の名前なんてろくに知らないが、家に咲いていたものぐらいは分かる。

緒方と会ったのは花のない寒い季節だったと思い出し、辞書の入った重いバッグを肩《かた》にかけ直す。

塞《ふさ》がった肩の傷に痛みを感じることはないが、冬になったら他《ほか》の古傷と同様に鈍《にぶ》く痛むのだろうかと、人ごとのように考える。

家に帰って、一人きりの部屋でテレビをつけた。隣の部屋からごそごそと物音が聞こえた。

ガタン、ゴトン、という激しい物音に続いて「うわあぁっ」という声があがる。

作りつけの悪い棚《たな》に重い物を載《の》せたのだろう。そもそも二本の螺旋《ねじ》で支えるタイプだから悪い。このマンションに入居したら、誰でも必ず一度は通る道だ。

くすりと笑うと、緒方のことを思いだして悲しい気分になった。

それを追い払《はら》うように先月から取り始めた新聞を開く。経済面を読んでいると、玄関《げんかん》のチャイムが鳴った。

「はい」

こんな時間に誰だろうとドアを開ける。そこに立っていたのは緒方だった。

いつもとは違《ちが》う高そうなスーツを着ていた。理知的な瞳《ひとみ》が、メガネの奥で微笑《びしょう》の形に細められる。俺が良く知っている、緒方のいつもの表情だった。俺の好きな、優《やさ》しげで柔《やわ》らかな顔だ。

だけど見ていても、温かな気持ちにはなれなかった。

「入《い》っても良いですか？」

緒方にそう聞かれて、俺は迷わず首を横に振《ふ》る。

緒方は傷ついたような顔をした。

「敬介……」

名前を呼ばれて鼓動《こどう》が跳《は》ねる。

「うるさい。出ていけ」

言いながら後ずさる。緒方を突《つ》き飛ばして、玄関のドアを閉めるべきだ。なのに出来ない。

怯《おび》えたように、下がることしか出来なかった。緒方が怖《こわ》い。それは彼が俺の目の前で誰かを撃ったせいじゃない。警察で上のポストにいるからでもない。

「敬介、話をさせてください」

首を振った。

再び緒方が訪ねて来る日を、この二ヶ月間想像してきた。

一方では期待し、もう一方で恐《おそ》れながら。二ヶ月経って、期待はなくなり恐れだけが残った。

抱いたのは同情だと言われるのが怖い。優しくしたのはただ、四年前のことを感謝していたからだと言われたくない。

「帰ってくれ」

絞《しぼ》り出すように口にした。

だけど緒方は聞き入れなかった。代わりに緒方の手が壊《こわ》れ物を扱《あつか》うように俺の頰《ほお》に触《ふ》れる。

たったそれだけで心の底に沈《しず》めたはずの、愛《いと》しいという気持ちが込み上げてくる。

だから振り払った。けれど部屋に逃《に》げ込むまえに、背後から緒方に抱きしめられた。

「もう、あんたなんか好きじゃない」

本当にそうであればよかった。

「他につき合ってる人がいるから。今更《いまさら》来られても、迷惑《めいわく》なんだ」

嘘《うそ》だ。だけど緒方だって俺にたくさん嘘を吐《つ》いた。だから俺だって許されるはずだ。

それに緒方だってそっちのほうが好都合だろう。

「放してください。……放せっ」

逃《のが》れようとしたが、離れるどころかますます強く抱きしめられる。

「敬介。全部終わってから、あなたのところに来たかったんです」

「っ」

また嘘かもしれない。

また、俺は騙されるのかも知れない。

「しんじ、られない。二ヶ月近くも一切連絡《いっさいれんらく》なくて、突然《とつぜん》そんなこと言われても困る」

すみません、とまた緒方は謝った。謝るくせに緒方は離れず、それどころか向き合うように抱きしめられて、瞳を合わせられた。

「昔、助けられて好きになった相手は榛原じゃありません」

緒方はそう言った。そんなのとっくに知っている。

今更なんでそんなことを言うのかと思っていたら、緒方は真剣《しんけん》な顔で俺を見つめる。

「私が好きになった相手は、あなたです。あのとき、一人の人間としてあなたを好きになった」

「っ」

「あなたの顔も名前も忘れなかった。だけどまさか、あなたの名前を榛原を追う過程で再び見ることになるとは思わなかった」

緒方の手が頬を包む。どうしていいかわからなくなる。

「あなたに恋《こい》をするとは思わなかった」

もう傷つきたくないから目の前の男を追い返したい。ドアを閉めて二度と来るなと言いたい。だけど、体は金縛《かなしば》りにあったように動かない。

二ヶ月間会いたくてたまらなかった相手が目の前にいる。

抱《だ》きしめられる距離《きょり》に立っている。

「助けられたぐらいで同性を好きになれるかと聞きましたね？ 私はあなたに助けられて、あなたに感謝しましたが、恋愛《れんあい》感情はありませんでした。そういうものが芽生えたのは、あなたの隣《となり》に住んで、あなたと一緒《いっしょ》にすごしてからです」

「緒方さん」

心に張り巡《めぐ》らせたものが、緒方の言葉で解けていく。

「あなたがとてもかわいいから、少しずつ恋をしていったんだと思います」

緒方の瞳の奥に真摯《しんし》な想《おも》いを感じて、目を離せなくなる。

俺は我慢《がまん》できずに緒方の背中に腕《うで》を回す。

温かい体を抱きしめながら、嘘でいいと思った。

騙《だま》されていても、ここにいてくれればそれでいいと思った。

「俺も……好き」

騙されてもいいと思うぐらいに。死んでもいいと思うぐらいに、俺は緒方が好きだ。

「かわいい」

何度目か分からないその台詞《せりふ》を聞きながら、恥《は》ずかしくて人は死ねるんじゃないかと思った。

そしたらたぶん、俺がその最初の人間になるだろう。

「敬介」

名前を呼ばれて閉じていた目を開けると、緒方がゆるく立ちあがった乳首《ちくび》を指先で弄《いじ》るのが見えた。

「電気、消してください」

明るい光の中で抱かれるのは居たたまれない。全身余すところ無く緒方に見られるのが嫌《いや》だ。

「嫌です」

少しも考えずに即答《そくとう》した緒方は、俺の肩口《かたぐち》の傷跡《きずあと》に気付いて、そこに唇《くちびる》を押し当てた。

「痛かったですよね」

労《いたわ》るように何度も唇が触れる。

動物が仲間の傷を舐《な》めて治すように緒方がキスを繰《く》り返すから、またじわりと頬が赤くなる。

緒方にちゃんと好かれているのだと分かれば、この恐ろしかった二ヶ月分の悲しみが溶《と》けて消えていく。

「緒方さん」

唇に欲しくて、手を伸《の》ばして緒方のメガネを外す。意図に気付いた緒方が唇に触れてくれる。

「ん」

すぐに舌が入ってきて、そのまま絡《から》められる。激しい口づけに息が上がれば、緒方の掌《てのひら》が脇《わき》腹《ばら》にすべった。

「は……ぁ」

「かわいい」

繰り返される言葉に、違和感《いわかん》を覚える。お世辞にもかわいい外見じゃない。背も高いし、体には筋肉がついている。顔だって、可愛くはないだろう。そんなふうに言うのは緒方ぐらいだ。

「かわいいって言うの、止《や》めてください」

「どうして?」

緒方の指が、乳首を摘《つま》む。硬《かた》く痼《しこ》った先を、親指と人差し指で見せつけるように摘んだまま、尖《とが》らせた舌でぐりぐりと押す。

「そんなの、はずかし……からっ……に」

決まっている、と続けようとしてひゅっと、息を吸い込む。

もう片方も長い指に弄《もてあそ》ばれはじめたからだ。その場所を弄られているだけで、後ろにも前にもまだ触《さわ》られていない。それなのに、高い声をあげそうになった。

胸だけで感じるなんて情けない。声を出さないように口を自分の手で塞《ふさ》いだ。

けれどいつの間にか開いた指の間から、声が漏《も》れてしまう。

「あっ……ンふ」

変な声が出て嫌だ。身を捩《よじ》ろうとしたら、乳首を指の腹で強く擦《こす》るように苛《いじ》められる。

そんなことをされると腰《こし》が揺《ゆ》れてしまう。

「かわいい」

「だ、から……いやだって」

「いいじゃないですか。ここには私しかいませんよ」

緒方はそう言いながら、ペニスに手を伸ばす。

「っぁ」

緒方がいるから恥ずかしいのだと、そう言うつもりで開いた口からは、相変わらず嬌声《きょうせい》しか出てこない。

「んんっ」

首をうち振《ふ》ると、緒方の舌は胸から腹筋までを辿《たど》る。

「かわいい」

緒方の手が鈴口《すずぐち》に触《ふ》れる。

もうすでに硬く充血《じゅうけつ》しているペニスは軽く擦られただけで、涙《なみだ》を流して喜んだ。

そんな風にすぐ反応を返せば、またかわいいと言われるのが目に見えていて、嫌になる。

別にその言葉が嬉《うれ》しくないわけじゃない。だけど恥ずかしさと違和感が拭《ぬぐ》えない。

何度も体を重ねて何度も言われれば、いつかは慣れて恥ずかしさも違和感も感じなくなるだろうか。だとしたら早くそうなればいい。

「あ……っ」

こんな風に何もかも見られて、体中弄られると、馬鹿《ばか》みたいに高い声があがる。

「はっ」

へその辺りを舐めていた緒方が、先端《せんたん》をくわえ込む。

いきなり温かな口内に含《ふく》まれたことに驚《おどろ》いて、思わず体が跳《は》ねる。

「……っん、く」

起立したペニスに這《は》う緒方の舌に、横になっているのに目眩《めまい》を感じた。

「なに、して……っ」

口の中は熱くて、柔《やわ》らかくて、頬《ほお》の内肉が敏感《びんかん》な部分に触れると、それだけでまたガマン汁《じる》が漏れた。

「おがたさ……ん」

やめて欲しくて、頭をゆるゆると横に振りながら名前を呼ぶ。

舐められながら擦られる。同時に指の腹で窄《すぼ》まりをぐりぐりと押された。

「ひっぃ…、だ、め」

首をうち振ると、縁《ふち》の部分を尖った舌先で舐められる。強く扱《しご》かれると簡単にイキそうになる。

「緒方さん、やめて…俺、いく……いっちゃう」

「いいですよ、私の口の中に出してください」

いつか俺が緒方に言った台詞だ。言葉と共に、甘やかすように下生えを撫《な》でられる。

「っ」

緒方の口になんて出せるわけがない。

快感に耐《た》えるように手の甲《こう》を噛《か》むが、それでも治まらない。

いよいよ我慢できなくなると、緒方の指が触れている窄まりがひくつくのがわかった。

快楽を知ってから疼《うず》くようになった場所は、内側には入ってこない指をどうにか飲み込もうとしているようだった。

「……も、いく」

泣き言のように口にする。

だけど緒方は放してはくれなかった。結局そのまま、緒方の口内に射精する。

「……んっ」

お漏らしをしたような情けない気持ちと申し訳なさで、泣きそうになる。

ゆるゆると首を振ると、ようやく緒方の唇が離《はな》れた。

緒方は先程《さきほど》まで触れていた穴に指を挿《い》れて開くと、その場所に舌を挿れる。

「ひっ」

奥まった場所を舐められている。

「ぁアッ」

ぬるりとしたものが触れる。先程緒方の口の中に出した精液が、塗《ぬ》り込まれるように穴に注がれる。緒方の舌が、精液を押し込むように穴を出挿りする。

「やっ…やめて、ください」

「何を？」

「そこ、舌挿れないでくださ……」

「どうして？」

これ、わざと言わせてるんだ。

魂胆《こんたん》に気付いたが、理由を告げなければきっと緒方は止めてくれないだろう。

「はずかしいから」

緒方は俺の返答を聞くと、まだ敏感な先端を指先で弄《いじ》る。尿道《にょうどう》の辺りをひっかかれ、嬌声を必死で飲み込む。

「瑞希って呼んで貰《もら》えますか？」

「な、に？」

「呼んでくれたら、止めますよ」

緒方の手の中で再び俺の欲望が、はち切れそうに震《ふる》える。

「……瑞希」

名前を呼ぶと、緒方がとろけそうなほど優《やさ》しく微笑《ほほえ》んだ。

その笑顔《えがお》に見惚《みと》れて、言葉をなくす。いつも笑っているけど、それとは全く違《ちが》う。

見ていると胸が切なくなって、体の奥が痺《しび》れる。

偽名《ぎめい》ではなく本名だったのだと知れば、騙《だま》されたと悲しんでいた気持ちが薄《うす》れていく。

抱《だ》きしめて欲しくて、抱きしめたくて腕《うで》を伸《の》ばす。

名前を呼ぶのは今回が初めてなのだと唐突《とうとつ》に気付いた。緒方は俺に、名前を呼んで欲しかったのだろうか。

「瑞希」

緒方は俺を抱きしめる。

「後ろからしなければだめですか？　敬介の顔を見ながら抱きたい」

「……だめじゃ、ないですけど…」

初めて緒方に触れた時に口にした、バックからしたほうがいいという言葉を気にしているのだろう。

「痛くなったりしませんか？」

熱くて硬《かた》い、脈打つ緒方の熱が太股《ふともも》に触れる。同じ男だから、緒方が強い衝動《しょうどう》と闘《たたか》っているのが分かる。緒方のペニスが、早く入りたいというように足の間の窪《くぼ》みを擦る。

「し、ない」

そう答えると、緒方の指が俺の前髪《まえがみ》を掻《か》き上げた。すぐに入ってくるのかと思ったが、入ってきたのは緒方の長い指だった。その指が、慣らすように穴を出入りする。

「っん」

長い指に体を中から掻き回されて、気持ちの良《い》い場所に触れられて、腰が揺れる。

「も、いいから」

慣らしているのは分かるが、焦《じ》らされているようで堪《たま》らない。欲しいのが伝わるように腰を押しつけて、目の前の唇《くちびる》を舐《な》めた。

「瑞希……」

催促《さいそく》するように名前を呼ぶ。

指が抜《ぬ》きとられ、緒方の硬い欲望が入り込んでくる。

「あっ」

顔を上げると、音を立てて頬にキスをされた。

圧迫感《あっぱくかん》に息が詰《つ》まる。無理矢理《むりやり》広げられた入り口は、びりびりと痛んで裂《さ》けてしまうのではないかと怖《こわ》くなる。太い欲望はまるで凶器《きょうき》のようだと思った。

「はっ…ぁ…ゆっくり、してくださ」

強請《ねだ》った通り、緒方はゆっくりと深く入ってきた。

「ン…ぁっ」

「大丈夫《だいじょうぶ》？」

全部埋《う》めきった緒方に尋《たず》ねられて、頷《うなず》く。

すぐに激しく奥を突《つ》きあげられた。

奪《うば》うように激しく、逃《に》げられないほど執拗《しつよう》に快感を擦《す》り込まれる。

「ひっ、あっ、あっ……ぁア」

痛みはないと言ったが、それは半分嘘《うそ》だ。入り口のところは硬く痛んでいる。だけどそれでも、痛みを忘れられるぐらい強い快感も感じているのだ。

体の内側が溶《と》かされていく。溶けた蠟《ろう》がとろとろと滴《したた》るように、ペニスから体液が溢《あふ》れる。

「敬介」

緒方が俺を抱きながら「つきあっている人とは、別れてください」と言った。

膝《ひざ》を胸に突くほど深く曲げられて、緒方が抜き差しを繰《く》り返す。

ベッドがぎしぎしと鳴るのを聞きながら、緒方に言われた言葉を反芻《はんすう》する。

意味が分からずに黙《だま》っていると、緒方に耳をゆるく噛まれた。

それと同時に、ズン、と最奥《さいおう》まで突かれる。

「あっ……はっ」

腰《こし》が浮《う》く。腹の奥まで緒方に犯《おか》される。

「別れますよね？」

いつもと同じで優しい声なのに、拒絶《きょぜつ》を許さないような雰囲気《ふんいき》を持っている。

余裕《よゆう》のない強い視線は緒方らしくない。凶悪《きょうあく》な眼差《まなざ》しは、どこか四年前の男を思い出させる。

もしかしたら、あちらが緒方の本性《ほんしょう》なのかもしれない。

「あ…ァあっ…うっ」

激しく揺《ゆ》さぶられて、ぎりぎりまで引き抜かれたペニスが一度に奥まで突き刺《さ》さる。

「っ」

思わず喉《のど》を反らせた。快感が刺さり、体を内側から焼かれる。

呼吸すら許さないように、強く何度も突き上げられて悲鳴に似た声をあげた。

「敬介。頷いてください。酷《ひど》くしてしまいそうです」

声は穏《おだ》やかなくせに、他《ほか》の部分は少しも穏やかじゃない。俺の足を摑む両手は力がこもり、おそらく、摑まれた部分は痕《あと》になるだろうと思った。

「あっ」

緒方を見れば、切羽詰《せっぱつ》まった顔をしていた。眉根《まゆね》が寄せられて、向けられた視線に胸が熱くなる。だから手を伸ばして、その頰《ほお》に自分の頰を合わせる。

「怖かったから、嘘吐《うそつ》いたんだ。ほんとうは、相手なんかいない」

怖かった。緒方をもう一度受け入れて、騙されるのが。

だけど緒方も怖いのだとその表情で知る。緒方も、俺に拒絶されるのを恐《おそ》れているのだ。

「本当ですか？」

頷くと、緒方がそっと俺の唇にキスをして「すみませんでした」と謝る。

「もう、いなくならないでください。こんなに人を好きになったの、初めてなんです。また置いていかれるのが怖い」

俺の言葉を聞いて、緒方は真剣《しんけん》な顔で「はい」と言った。

「大事にします」

繰り返されるキスの合間に、緒方は「かわいい」と何度も口にする。

その言葉に高められるように、中に入った緒方を締《し》め付けてしまう。

そのうちきっと、緒方の形を覚えてしまうだろうと思った。

「っん、あっ…あっ」

硬い部分が奥まで擦《す》れるから、堪らなくなる。

「瑞希っ」

気持ちいい場所ばかりをえぐられる。腹の上が濡《ぬ》れる。

「も、だめ……いき、そう」

首を振《ふ》ると、突かれるたびに揺れていた俺のペニスが緒方の手に握《にぎ》られた。促《うなが》すように根本から扱《しご》かれて、腰が浮く。

「あ、あ、またいく……っ」

「敬介」

耳元で名前を呼ばれる。口付けられると同時に、耐《た》えられずに声も出さずに達する。

緒方のペニスが抜かれそうになって、慌《あわ》てて足を絡《から》める。まだ中に居て欲しかった。

「なかで、だしてください」

絶頂の余韻《よいん》に震《ふる》えながら、まだ硬い緒方を締め付ける。

「敬介っ」

呻《うめ》くように低い声で緒方が俺の名前を口にする。体の奥の方で、緒方の熱が弾《はじ》けた。

「あぁっ」

熱い物がどろりと奥まで届く。緒方の精液がたくさん注ぎ込まれる。

何故《なぜ》か胸まで熱くなって、涙《なみだ》が滲《にじ》んだ目尻《めじり》を誤魔化《ごまか》すように緒方の肩《かた》にぐりぐりと顔を押しつける。

「このままもう一度させてください」

目尻にキスを落とされた。滲んだ涙は緒方の舌に奪われる。

「ん」

頷くとくわえこんだままの場所が期待でうねるように動く。

気付いた緒方が慈《いつく》しむように笑った。

「かわいい」

その言葉を聞きながら、恥《は》ずかしくて嬉《うれ》しくて本当に死んでしまうかもしれないと思った。


目が覚めたら、緒方に抱《だ》かれていた。

「ん……」

緒方の腕《うで》に抱《かか》え込まれるようにして、その胸に顔を押しつけていた。足も絡められて身動きが取れない。誰《だれ》かの腕の中で目覚めることが、こんなに幸福だなんて知らなかった。

名残惜《なごりお》しく思いながらも緒方の腕から抜け出して、近くにあった緒方のシャツと昨日脱《ぬ》いだジーンズを拾う。

ヤカンを火に掛《か》けてシャワーを浴び、シャツとジーンズに着替《きが》えて、髪《かみ》を拭《ふ》きながら沸《わ》いた湯をサイフォンに注ぐ。コーヒーの粉を目分量で入れて、アルコールランプに火を着ける。

着慣れないシャツの袖《そで》を見ながら、こういうことをしたがる連中の気持ちが少し分かった。

恋人《こいびと》の服を着るのは気恥《きは》ずかしくて、だけど同時に安心する。

襟元《えりもと》に顔を埋《うず》めると、幸せな気持ちになった。勝手に服を着たことを緒方は怒《おこ》るだろうか。

コーヒーの香《こう》ばしい匂《にお》いが部屋に広がり、ランプを消したところで緒方が目覚めた。

「敬介……？」

手探《てさぐ》りで探すようにベッドの上の緒方の手が動く。

緒方が俺の部屋にいるという現実が、嬉しすぎて対処に困る。

どんな顔して良《い》いのか分からないから、殊更《ことさら》いつも通りの顔を作ろうとした。

丸いフラスコからコーヒーカップに、出来たばかりのコーヒーを注いで一口飲む。

「隣《となり》が文句言ってきたら、緒方さんがどうにかしろよ。こんな感じで」

昨日の俺の声は隣人《りんじん》に筒抜《つつぬ》けだろう。あの神経質そうな隣人がどう思ったか、想像するとおかしくなった。

あの高橋を怯《おび》えさせる緒方の姿を見てみたいと思いながら、冗談《じょうだん》交じりで俺は右手で作ったピストルを自分のこめかみに当てる。

緒方は苦笑《くしょう》しながらベッドを出た。シンクに手を突いて俺の進路を阻《はば》み、腕の中に閉じ込めるようにして、緒方がキスを仕掛《しか》けてくる。

たったそれだけで、俺のいつも通りに繕《つくろ》った表情は簡単に崩《くず》された。

「いい匂いがする」

緒方が俺の右手にあるカップを摑む。

「緒方さんの分も」

淹《い》れたから、という言葉は再び合わされた唇《くちびる》に消える。

シャツの下から入ってきた緒方の手にびくり、と体が反応する。明け方まで何度も翻弄《ほんろう》された体はまだ気怠《けだる》く、けれどその指が与《あた》える快感を忘れてはいなかった。

「コーヒー、冷めますよ」

言い訳のように口にした言葉に緒方がかすかに笑う。

「あとでもう一回淹れてください」

緒方は俺からカップを奪《うば》って電子レンジの上に置いた。

俺は緒方の手で再びベッドに連れ戻《もど》される。

柔《やわ》らかなベッドの上に押し倒《たお》されながら、緒方の首に腕をまわす。

近づいた額に唇が落とされるのを感じながら、俺は前から疑問に思っていた事を口にした。

「ところで緒方さんてさ、いくつなの？」

緒方は俺の問いかけに微笑《ほほえ》みながら、その答えを教えてくれる。

「気になりますか？」

ほんの少し不安げな顔を見せるから、安心させるように「全然大丈夫」と返す。

笑顔《えがお》を見せた緒方にキスを返して、その腕に体を預ける。

優《やさ》しい指先に愛されながら、カーテンの隙間《すきま》から入り込む暖かな日差しを見て、今日はいい天気になりそうだと思った。

その男、夢中につき！

誰《だれ》もいない非常階段で煙草《たばこ》を銜《くわ》える。火を着けようとしたところで、目の前のドアが開いた。

「あら、ひさしぶりじゃない」

既《すで》に火を着けた煙草を銜えて立っていたのは、何年も前に別れた元婚約者《こんやく》だった。

「ああ」

鉄柵《てっさく》に寄りかかったまま視線を向ける。灰色のパンツスーツに身を包み、標準以上の造りの顔で柔《やわ》らかく微笑《ほほえ》んだ女は、缶《かん》コーヒーの空き缶を片手に傍《かたわ》らの階段に座る。

喫煙室《きつえん》には上司や部下が居る。余計な気も遣《つか》いたくないし、遣わせたくないからここに来たが、さらに面倒《めんどう》な相手に出くわした。

「聞いたわよ」

「何をだ？」

素知らぬふりして煙《けむり》を吐《は》き出した。下から吹《ふ》き上げるビル風がたちまち白い煙を消し去る。

「年下の恋人《こいびと》に入れ込んでるんですって？」

からかうような声音《こわね》で俺を見上げると、そのまま屈託《くったく》無く笑う。

「誰から聞いた？」

低い声で問うが、慣れているせいか顔色すら変えずに「秘密」と唇《くちびる》を横に引く。

どうせ頭も口も軽い部下の一人だろうと当たりをつけて、ため息を零《こぼ》す。

渋《しぶ》い顔をして黙《だま》り込んでいると元婚約者は「随分《ずいぶん》人間らしくなったのね」と短くなった煙草を空き缶に捨てる。

「何が言いたい？」

婚約を解消する時には冷血だ、非情だとさんざん詰《なじ》られた。

公安時代の話だ。当時俺は身内の不正を暴《あば》くための潜入捜査《せんにゅうそうさ》を行っていた。その捜査対象には彼女の父親も含《ふく》まれていた。当時県警の上層部にいた彼が地元の暴力団と癒着《ゆちゃく》していたために、俺が騙《だま》し討《う》ちするような形でその不正を暴いた。

結果的に脅《おど》された末に仕方なく便宜《べんぎ》を図《はか》っていたと分かったが、それでも暴力団に協力し、情報提供をしていた事は変わらない。

俺はその事実を一片《いっぺん》も隠《かく》さずに報告した。それが俺の義務であり仕事だったからだ。あのときの事は何も後悔《こうかい》していないが、それが彼女の父親の人生と彼女のキャリアを台無しにしたことは事実だった。

「つっかからないでよ」

今までさんざんつっかかってきたのはどちらだ。

元婚約者はポケットから口紅を取り出して、鏡も見ずに唇に塗《ぬ》ってから立ちあがる。

姿勢のいい背中を見ていると、台所に立っている時の後ろ姿を思い出した。

もう何年も思い出したことなんてなかったが、幸福な時期も確かにあったのだ。

あのときの事件のおかげで何もかも壊《こわ》れてしまったけれど。

「良かったなって思ったのよ。アナタがそんなふうに、幸せそうで。私だって、あのときは私情でアナタを詰ったこと後悔してるの。アナタは職務を全《まっと》うしただけなのにね」

「……」

「あのとき、私が何をそんなに怒《おこ》っていたか……アナタ分かってなかったでしょう？」

下からの風が彼女の肩《かた》まである髪《かみ》を揺《ゆ》らす。

「信用されてなかったのが悲しかったのよ。お父さんのこと、何にも話してくれなかったでしょ？　ねぇ、せめて上司からではなく私はアナタの口から事件のことを聞きたかったのよ」

彼女はそう言うと背を向けて、ドアに手を掛《か》けた。

「すまなかった」

そう声を掛けると、その肩からすっと力が抜《ぬ》けたのが分かる。

「アナタ、本当に変わったのね。変えたのが私じゃないってことが、少し残念だけど良かったわ。お幸せにね」

その背中を見送るときに、彼女の薬指に指輪が光っているのを見つける。

彼女も幸せになるのかと思ったら、少しほっとした。

俺が本当に彼女を愛していたかどうか、今となってはよく分からない。上司の娘《むすめ》で、紹介《しょうかい》されてつき合い始めた。一年もしないうちに婚約して、それからすぐに解消した。

愛情があったかどうか、よく分からない。元々昔から、そういうものが酷《ひど》く薄《うす》い質《たち》だった。

初めて人を殺した時も、婚約解消したときも、四年前に路地裏の駐車場《ちゅうしゃじょう》で死にかけた時も、何も感じなかった。何も感じない自分に失望した。

けれど敬介に出会って、変わった。

何気ない日常が輝《かがや》いて見えた。汚《きたな》い物をたくさん見てきた俺の目には、まっすぐな敬介がやけに綺麗《きれい》に映った。

売人の容疑。十代の頃《ころ》の補導歴。密売の噂《うわさ》があるスタンディングバーへの出入り。状況《じょうきょう》は疑わしいのに、それでも彼をクロだと思えなかった。それが四年前の先入観なのか経験からの勘《かん》なのかは分からなかった。

だから彼の肌《はだ》に触《ふ》れはしても、抱《だ》くのは自制していた。けれど榛原が彼に近づいた理由が分かり、我慢《がまん》が利《き》かなくなった。いい歳《とし》をして箍《たが》が外れたように追いつめた。

嫌《いや》だと泣くくせに快感に流される体がかわいくて、止《や》めてやれなくなった。

「どうかしてる」

あれほど年下の同性にはまるなんて自分でもおかしいと思う。

でも止められそうにない。

感情が乏《とぼ》しい自分が、抑《おさ》えが利かなくなる相手に初めて出会った。

それが佐伯敬介なのだ。今更後戻《いまさらあともど》りもできないし、するつもりもない。

短くなった煙草を捨てて口元に手を当てると、僅《わず》かにそこが弛《ゆる》んでいることに気づく。

こんなのを見られれば、また彼女に色々と言われてしまうのだろう。

鬼《おに》だなんだと評されているのに、恋人の事を考えてにやにや笑っているようじゃどうしようもない。

ため息を吐いて非常階段を出る。部屋に戻《もど》ろうとすると、丁度件《くだん》の頭も口も軽い部下が通りかかった。

「あ、緒方警視！　帰る前に見て貰《もら》いたいものが……」

何かを言いかけた部下に「明日からまた潜《もぐ》れ」と有無《うむ》を言わさずに告げる。

「え⁉」

途端《とたん》に強張《こわば》った表情に向かって「上司の話を吹聴《ふいちょう》して回るよりは有意義だろう？」と笑いかけると、青い顔になったままロボットのようにぎこちなく頷《うなず》いた。

その横を通りすぎて、デスクに戻る。溜《た》まった書類を片づけてから、携帯《けいたい》を開けると敬介から短いメールが来ていた。

『今日は来ますか？　来るなら待ってます』

卓上《たくじょう》のカレンダーを見ながら、そう言えば明日は休日なのだと思い出す。

短いメールをどんな顔で打ったのかと考えると、微笑ましい気持ちになる。

期待を悟《さと》らせないようにと、配慮《はいりょ》の伝わる簡潔な内容に思わず笑《え》みが漏《も》れ、それを慌《あわ》てて掌《てのひら》で覆《おお》う。

ああ、毒されているな。

そう自嘲《じちょう》する。

それが嫌じゃないのが、一番の問題だ。いい歳をして色惚《ぼ》けしてみっともない。部下や元婚約者にからかわれるのも道理だ。

返事も打たずに携帯を仕舞《しま》って、帰り支度《じたく》を整えて車に乗って彼の家を目指す。

ドアをノックすると、出てきた恋人の顔が幸せそうに輝く。つられて微笑むと、部屋に引き込むように抱き寄せられた。

近づいた髪からは、夜だというのに日向《ひなた》の匂《にお》いがする。

柔らかいそれに頬《ほお》を寄せながら「会いたかった」と呟《つぶや》くと、敬介がくすりと笑った。

「この間会ったばっかりですよ」

大人びた表情でそう言いながら、甘やかすように俺の髪に触れる。

その指先を掌で閉じこめた。ほんの少し官能的に指先に口吻《くちづけ》れば、途端にその大人びた表情が崩《くず》れて、歳相応《そうおう》の顔が現れる。

恐《おそ》らく彼が抱いてきた相手は見ることが出来なかった表情だろう。この瞬間《しゅんかん》が好きだと言ったら、どんな反応をするだろうか。きっと、今以上に赤くなって何かかわいらしい言い訳をするのだろう。

どうせ、そんな言い訳をしたところで、さらに煽《あお》るだけだというのが分からないところもかわいらしい。

「でも、会いたかったんです」

指先に舌を伸《の》ばすと、どうしていいのか分からないような表情で「俺も、ですけど」と困ったように口にする。

「かわいい」

「か、かわいいって……言わないでくださいよ」

相変わらず、それだけは慣れないようで拒否《きょひ》の言葉を紡《つむ》ぐ。

「どうして？」

「かわいくないからです」

顔を赤くしたまま、きっぱりとそう言い切る姿は、かわいい以外の何者でもない。

また何か文句を言おうとした唇を、自分のそれで塞《ふさ》ぐ。

舌を誘《さそ》い出して吸い上げると、自分から積極的に絡《から》めてくる。しばらく敬介のやりたいようにさせた。拙《つたな》いわけじゃないが、それでも次第《しだい》に物足りなくなって、強く吸い上げてから擦《こす》るように舌で口の中を愛撫《あいぶ》してやる。

「んっ……ぁっ」

甘い吐息《といき》が混じり、寄りかかるようにシャツを摑《つか》まれる。その腰《こし》に手を回して、上顎《うわあご》を舐《な》めあげるとくたりと、体の力が抜けた。

唇《くちびる》を解放すれば胸に凭《もた》れて荒い息を整えようとする。少し潤《うる》んだ目を伏《ふ》せながら、赤くなった顔を隠《かく》すように俯《うつむ》く。

「かわいい」

再び言うと、咎《とが》めるように唇が尖《とが》らされたが、もう反論する気はないようだった。

濡《ぬ》れた唇を拭《ぬぐ》ってやると、ほんの少しの不機嫌《ふきげん》さと甘えを滲《にじ》ませて指先を軽く嚙《か》まれる。

仕返しのように耳を舐めてから甘く嚙みつくと、敬介が息を詰《つ》めてから悔《くや》しそうに言った。

「緒方さん、絶対若い頃遊んでただろ」

「そんなことありませんよ」

「噓《うそ》だ」

断言してから、少し強く指先が嚙まれる。嚙んだ後に、宥《なだ》めるように緩《ゆる》く舐《ねぶ》られた。

そんな風に扇情的《せんじょう》な誘い方が出来る敬介の方が、遊んで来たに違《ちが》いない。

けれど嫉妬心《しっと》はあまり芽生えなかった。どうせ、相手とは軽いつきあいしかしてこなかったのだろう。この感度の良い体が手つかずだったのはそのせいだ。

それでも誰《だれ》にも抱かれたことのない不慣れな体は、俺を酷く夢中にさせる。この体に触《ふ》れていると渇《かわ》いた気分になり、飢《う》えを満たしたくなる。

初めて触れたとき、怖《こわ》いと泣いている顔に馬鹿《ばか》みたいに欲情した。

遊んでいたくせに初《うぶ》な反応が堪《たま》らない。

「それ、自分で濡らしてくれているんですか？」

指を舐めていた敬介にそう囁《ささや》くと、ただでさえ赤かった顔が更《さら》に赤くなって、先程《さきほど》まで熱心に動いていた舌が縮こまる。

「ち、が……」

「ちがうの？」

笑いながら首を傾《かし》げて尋《たず》ねれば固まったまま動かなくなる。

潜入捜査《せんにゅうそうさ》を行っていたときに、顔で相手を陥落《かんらく》する事は多々あった。情報を引き出すためには使える物は何でも使ったが、心のどこかで簡単に騙《だま》される相手を馬鹿にしていた。

けれど恋人《こいびと》がこんな風に自分の顔に見惚《みと》れてくれるのは、ひどく気分がいい。

まだうっすら開いたままの唇に指を這《は》わせる。

「舐めて」

甘く命令すれば、ゆっくりと舌が遠慮《えんりょ》がちに指先に這わされる。困ったように揺《ゆ》れる視線に欲望が重くなる。

指を唇から引き抜《ぬ》いて、作業着を脱《ぬ》がせて下着の中に触《ふ》れた。

濡れた指をいつもの場所に宛《あて が》うと、僅かに抵抗《ていこう》したからそれを力ずくで封《ふう》じ込める。

「シャワー浴びたい」

弱々しい抵抗を官能で押し切って、指を埋《うず》めた。

「いっぱい濡らしたから、奥まで入りますね」

褒《ほ》めるように言うと、顔を隠してしまった。

その仕草がかわいくて、怒張《どちょう》をくわえ込ませながら「かわいい」と何度目か分からない言葉を呟く。

「かわいいって、言わないでください……っ」

やはりどうしてもそれだけは譲《ゆず》れないのか、嬌声《きょうせい》の合間に拒絶《きょぜつ》されて思わず笑ってしまった。

「そういうところが、敬介は本当にかわいいですね」

「っ」

かわいい恋人を抱《だ》きしめながら、結構じゃないかと思う。

年下の恋人に夢中なのも、幸せなのも事実だ。

せいぜい、部下と元婚約者《こんやく》に惚気《のろけ》てやればいいと思いながら、もう一度「かわいい」と呟く。

「だから、かわいいって言うな！」

あとがき

こんにちは、成宮ゆりです。

手にとって頂きありがとうございます。

今回イラストを描《えが》いてくださったのは桜城やや先生です。

表紙の強気な佐伯が格好良いです。口絵で早速《さっそく》逆転されて、赤面している顔がこの上なくかわいいです。緒方もメガネを掛《か》けている時と、掛けていない時のどちらも凄《すご》く好みです。佐伯の前では腹黒さを微塵《みじん》も感じさせない表情が素敵《すてき》です。

全編にわたって格好良くてかわいいイラストありがとうございます。

本作のコンセプトは羊の皮を被《かぶ》った狼《おおかみ》（緒方）と、自分のことを狼だと思っている羊（佐伯）です。

佐伯は六人兄弟の四番目で、甘え下手です。甘えたことがあまりないので、これから緒方に無理やり甘やかされて、あたふたすれば良いと思います。

本性《ほんしょう》は鬼畜《きちく》なのに、佐伯にだけは穏《おだ》やかに接している緒方を書くのはとても楽しかったです。

収録してある緒方目線の番外編ではあまり発揮できなかった鬼畜っぷりを、機会があればいつか書いてみたいと思っています。


そして担当様。いつも素早い対応ありがとうございます。返答が早いのでとても助かります。

度々《たびたび》のお心遣《こころづか》いにも感謝いたしております。


最後になりましたが、読者の皆様《みなさま》。

今回のお話はいかがでしたでしょうか。多少なりとも楽しんで頂けたら、とても嬉《うれ》しいです。

皆様に少しでも面白《おもしろ》いと思って頂ける作品を作れるように、これからも精進《しょうじん》して参ります。

いつも心のこもったお手紙ありがとうございます。心のカフェインです。

それでは、また皆様にお会い出来ることを祈《いの》って。

平成二十一年四月　　　　　　　　成宮　ゆり